中公文庫

レギオニス

興隆編

仁木英之

中央公論新社

目次

レギオニス

興隆編

第一章　下社の権六

一

音のない夏の昼下がり、子供が手習いで描いたような雲が空を画している。遠くから子供たちの遊んでいる声が漂ってきて、鼻先で消えた。

「権六《ごんろく》さま」

小さな瞳が四組、見下ろしている。微《かす》かな重みを腹の上に感じる。

「権六さまが昼寝をしとる」

「でかい腹じゃ。きっと隠れていいもの食ってるに違いない」

腹の上でぴよぴよと言い合っている。

「昼寝はこれからしようと思っていたところだし、お前たちに隠れて食らうご馳走《ちそう》もないわい」

柴田《しばた》権六勝家《かついえ》は体を起こし、子供たちが転げ落ちないように手を差し伸べた。

「権六さま起きた！」

「鬼が起きたぞう」

大きな手の中でひとしきり騒いだ後、子供たちはどたどたと走っていく。その後から大人の足音がして、目覚めている権六に気付くと、

「権六さま、何ともご無礼を」

毛受《めんじゅ》惣介《しょうすけ》という若者が頭を掻《か》いて膝《ひざ》をついた。

「年端《としは》もいかぬ童《わらわ》に礼も何もない。門を開け放っておけと言ったのは俺だ」

大きな欠伸《あくび》をした権六の顎《あご》のあたりには目立つ傷がある。生えかけの太い鬚《ひげ》が半ば覆っているが、それでも痛々しく凹《へこ》んでいた。

「傷養生をなさっておられる時に」

「童の騒がしい声は薬だ。惣介も我が子でもないのに、頭を下げることはあるまい。この城は眺めもいい。遊び場にはもってこいかもな」

尾張愛知《おわりあいち》郡下社《しもやしろ》村は濃尾《のうび》に広がる沃野《よくや》の東部に位置し、長湫《ながくて》（長久手）に近い。起伏の少ない平野がこのあたりで終わり、東に行くにつれて風景が変わる。三河《みかわ》との境への山の緑が視界の半ばを覆い、西に延々と続く水田とは対照をなして、丘陵が増えていく。

東美濃《ひがしみの》と奥三河の山塊から雫《しずく》のように延びた低いが険しい起伏が、猿投山《さなげやま》から知多《ちた》半島に向かって続いている。このあたりが尾張と三河の境界線となっている。

「駿河《するが》は攻めてくるでしょうか」

不安そうなのは、柴田家の家宰を務めている、毛受惣介である。権六が家督を継いだ時

分に行き倒れていたのを助けたところ、そのまま権六に仕えたい、と住みついたのである。だが、浪々の身というわけではなく、美濃に古くから続く鵜飼《うかい》氏の末裔《まつえい》で、一宮《いちのみや》近くの毛受村で知行もある小さな土豪の一族の出である。

毛受家に問い合わせてみると、惣介という男はいたが、こちらでも面倒が見切れない厄介者なので、どのようにもなさってくださいと戸惑《とまど》うような答えがあった。性分を怪しむ声も家中にあったが、権六は惣介の様子をつぶさに見て城に置くことを決めた。

権六の柴田家は尾張守護代織田大和守《おだやまとのかみ》の重臣である三奉行の一人、織田弾正《だんじょうのちゅう》忠信秀《のぶひで》に属している、一族郎党合わせても数百程度の土豪の家である。国衆ですらない。

「此度《こたび》の負けで厳しくなったな」

庭を見つつ、権六は呟《つぶや》いた。庭と言っても、檜《ひのき》が一本ぽつんとあってあとは砂利を敷いてあるだけの殺風景なものだ。昨今は京から作庭の匠《たくみ》が尾張を訪れ、主君信秀が都風にあつらえた末森《すえもり》城の庭を皆に披露したこともある。

その富と力があっても、尾張を一つにはできず、周囲にひしめく強国を打ち負かすこともできない。東に駿河の今川義元《いまがわよしもと》、北に美濃の斎藤道三《さいとうどうさん》と長年戦い続け、この年天文《てんぶん》十九（一五五〇）年には今川に攻め込まれて同盟相手の知多の水野信元《みずののぶもと》が降伏し、鷲津《わしづ》に籠《こも》っていた将の一人が寝返った。

鷲津砦《とりで》近くに陣取っていた権六は背後を衝《つ》かれたが奮戦し、血路を開いて下社まで帰り着いたものの、顔に大きな傷を負った。

欠伸したついでに傷がわずかに開いたらしく、板の間に血が垂れた。

「ああ、童どもめ。後できつく叱《しか》りおきます」

「傷口が開いたのは欠伸のせいだし、戯れるのが幼き者たちの務めだ。それを叱ってはならん」

権六は手ぬぐいを傷口に当てて押さえた。

「このところ殿は少々焦っておられるようだ」

権六の言葉に惣介は首をかしげた。

「何を慌てることがあるのでしょう。殿は尾張で隠れなき人となりました」

「そうだな」

尾張守護は累代斯波《しば》氏が務めていた。だが、守護代職にあった織田家が実権を握り、南部の下四郡を織田大和守信友《のぶとも》、北部の上四郡を織田伊勢守信安《いせのかみのぶやす》が守護代となって勢威をふるっている。織田信秀は大和守家で奉行職にあるが、その勢力は主家を圧倒するほどまでに拡大していた。

織田弾正忠信秀との関係は、権六の幼い頃に遡《さかのぼ》る。愛知郡上社《かみやしろ》村の土豪の家に生まれた柴田権六は、野心というものを持ち合わせていなかった。別して体が大きく、力も強かったが、父母を病で亡くした際はまだ幼かった。権六を侮る者たちに、柴田家の土地が四方から奪われそうになるところを支えたのが、信秀だった。武芸も、人々をまとめ土地を守るやり方も、全て主君から授かったものだ。

柴田家は三河の山々を望む濃尾平野の東に暮らしてきたが、すぐ隣の三河はともかく駿河などは権六からすると文字通り異国である。もちろん人や物の往来はあるが、あくまでもよその国という意識が強かった。三河と尾張ですら、山がちな場所と平野部の人間の気質は異なり、言葉にもはっきりとわかる違いがあった。

尾張でも平坦で豊かな地の人間は、下社のあたりの者ですら山住まいの田舎者《いなかもの》と馬鹿にしていたし、三河は三河で、豊かな土地におごり惰弱《だじゃく》な尾張の人間たちを小馬鹿にしている節があった。

ただそれでも、他の村人たちよりは権六の世界は広かった。

尾張の土豪の当主として、那古野《なごや》城に集まって軍議に参加することもあれば、具足に身を包んで美濃や三河の兵と戦うこともあった。

「三郎《さぶろう》さまは目覚ましく働かれたようですね」

先日の戦いの際、惣介は下社の留守を命じられて参陣していなかった。

「そうだな。負け戦の中でも泰然としたものだった」

「武者ぶりはいかがでしたか」

「堂々としたものであったよ」

信秀の嫡子である、織田三郎信長《のぶなが》はこの年十七歳。彼には二人の大人《おとな》（家老）が付けられていた。平手政秀《ひらてまさひで》と林佐渡守秀貞《はやしさどのかみひでさだ》である。平手、林共に尾張で名高い国衆の一門だ。彼らが信長の傍らにいることは、尾張一円に十分な重みを感じさせる。

「三郎さまが中々の武者ぶりということは、弾正忠家も安泰でありますな」

権六はじっと惣介を見つめた。

「お前それを本心から申しておるのか」

じっと見つめると、惣介は頭を掻いた。

「権六さまにはかないません。見事な眼力を備えられているゆえ、その前で人は嘘《うそ》をつくことができません」

「そんなわけあるか」

権六は照れくさくなって叱り飛ばした。

「権六さまの顔を見て、俺はここに置いてもらおうと決めましたので」

自分がある種の異相であることは自覚していた。村の百姓たちはそのほとんどが痩せて引き締まった体をしているが、権六は恰幅《かっぷく》のいい隆々とした筋骨を誇っている。額の両側と顎がぐっと横に張って、将棋盤のような顔をしていた。

力も怪力無双で、畑や水田で畔《あぜ》が崩れたり、家が流されてきたような時には率先して出ていくのが常だった。

「権六さま、勘十郎《かんじゅうろう》さまの大人を命じられたとお聞きしましたが」

　権六はそこで渋い顔になった。

「まだ決まったわけではない。やってくれるかと頼まれただけだ」

　信秀の家は柴田家からすれば、守護代奉行の家ということでかなり格上になる。もちろん上を見ればきりがなく、同じ織田家とはいっても、尾張守護斯波氏に仕える守護代の家から見れば、弾正忠家は傍流といっていい。

　だがその抜け目のなさと戦の強さで見る間に国中を席巻《せっけん》し、目を見張るほどの勢いを保つに至った。その三男である織田勘十郎信勝《のぶかつ》の傅役《もりやく》となってくれないか、と信秀に内々に頼まれていた。信長の傅役たちに比べると柴田家の格は相当低い。同じく信勝につけられるのは、佐久間大学允盛重《さくまだいがくのじょうもりしげ》と長谷川宗兵衛《はせがわそうべえ》など、尾張ではそれと知られた家柄の者たちばかりであった。

「俺でなくても歴々の国衆がいるだろうに」

「それは先だっての戦で、権六さまがよく働かれたからではないですか」

「あれは……誰かが殿《しんがり》を務めねば多くの者が命を落としただろうからな。あの時は俺が残るのがいいと思っただけだ」

　天文十八（一五四九）年、三河安祥城《あんじょう》を巡る今川軍との戦いで、織田軍は大敗を喫してしまった。戦で最も難しいのは退き口《のぐち》である。そこを引き受けるのは真の勇者でなければならないし、主君はその切所《せっしょ》を引き受けた者に報いなければならない。

「いずれ身上《しんしょう》切り取り次第！」

退き際、信秀はそう権六に言った。

「切り取り次第と申しましても、負け戦ですぞ」

主君の言葉に呆《あき》れていると、

「いずれと申したろう。すまぬがここでしっかり働いて生きて帰ってまいれ。いずれ褒美をとらそうぞ」

そう言い残して颯爽《さっそう》と去った。信秀の言葉に権六は奮い立った。押し寄せる今川方の兵は権六に触れる前に両断され倒れてゆく。その手に握るは駿河の名工が鍛えた四尺穂の一間槍《いっけんやり》である。数を恃《たの》んで攻めかかる今川勢も、見る間に積み上がる死体の山に恐れをなし、逃げ去った。そして、信秀はその言葉を守った。

「それが此度の抜擢《ばってき》というわけだ。褒美になっていない気もするが」

「いや、権六さまの戦いぶりからすれば、につかわしいかと」

下社の者たちは弾正忠家若君の傅役になることを歓迎していた。

だが、初陣《ういじん》を迎えたばかりの、信長よりもさらに幼い弟の傅役をするのは、この先の柴田家を考えるとやや不安があった。信秀はもちろん、信長が跡取りであると明らかに示しているわけだが、信長がいまひとつ重臣たちから好まれていない節がある。

「跡目争いに巻き込まれるのはつまらぬ」

権六はため息をついた。

「見た目と違って無事是《これ》名馬のお人ですから、権六さまは」

「見た目は関係なかろう」

権六は傷だらけの瓦のような顔を崩してみせた。

二

信長と美濃の帰蝶姫《きちょうひめ》との縁組が持ち上がったのは、権六が顎に怪我《けが》をした負け戦の一年ほど前のことだった。両家の紐帯《ちゅうたい》を強くするために姻戚となるのは珍しいことではない。だが、美濃と尾張は互いに血を流しすぎていた。

「此度の婚儀は殿と平手どのの肝煎《きもい》りだそうだ」

所用で知多を訪れた帰路に下社を訪れた佐久間右衛門尉《うえもんのじょう》信盛《のぶもり》は、丸い頬《ほお》を撫《な》でながら呟いた。信盛の従兄《いとこ》、盛次《もりつぐ》が権六の姉を妻としており、権六にひけを取らぬ武辺者ということもあって、親しくしている。

確かに、美濃の斎藤と結ぶのは理にかなっている。西の伊勢《いせ》はともかくとして、東の今川の動きは常にきな臭い。北の美濃と結んでおけば、たとえ今川が攻め込んできたとしても後顧の憂いはない。

道三も蝮《まむし》とあだ名される男だ。昨日まで殺し合っていた相手と婚姻を結ぶことぐらい、難なくやってのけるだろう。彼にしても四方に敵がいるのは尾張と変わらない。西の近江《おうみ》、北の越中《えっちゅう》、越前《えちぜん》などでは一向一揆《いっこういっき》も激しい勢いを保っている。

美濃は、尾張以東の諸侯にとっては、京へ通じる関門である。京には将軍家と朝廷がある。実質的な力はほぼないとはいえ、その存在や権威とつながりを持つことは、地方の諸将にとって名誉なことだったし、力の裏付けとなった。

信秀はそのあたりも抜かりなく、守護代の下の奉行職であるにもかかわらず、朝廷の修繕費用なども出して、その覚えはめでたいものとなっている。

「俺は弾正忠さまにお仕えできて幸せもんだ」

佐久間信盛はいっそ無邪気に見えるような顔で笑った。それももっともなことで、織田弾正忠家の、ひいては尾張諸侯の名を上げることができたのは信秀しかいない。

信長と道三の娘、帰蝶との婚儀は順調に進んだ。

美濃の国主となったものの、その急な勢力拡大と息子義龍《むすこよしたつ》との不和で足下に不安を抱える道三と、尾張で力を持ちつつも家格の低さと国内の不和、そして駿河今川家の脅威にさらされている信秀には、手を結ぶことで得られる利益があった。

権六は信長の傅役をしているわけではないが、あの蝮が信長の優れた才質を認めたという話が、その耳にも届いていた。

その頃、信勝の暮らす末森城内で一つの奇妙な噂《うわさ》が流れていた。

帰蝶姫を娶《めと》った信長は斎藤家に養子に入り、尾張は信勝が跡を継ぐ――信秀と道三がそう考えている、というものである。

「まさかな」

佐久間信盛は首を捻《ひね》ったが、権六はあり得るかもしれないと思っていた。

美濃と尾張は、互いに争っている間は、周囲にとっては安心な存在だった。だが、手を携えれば東海や畿内、北陸を合わせても有数の大勢力となる。駿河今川もそう簡単には手を出せなくなる。

ただ、もし噂が真実だとしてもそう簡単に事が進むはずがなかった。尾張の中だけでも、信秀の勢いが増すことに不快感を隠さない一族の者が多くいるのだ。自らにとって何が一番得なのか。傅役を任された信勝の未来と下社の明日を共に考えなければならない。

ぼろぼろになった具足の修繕をしていた毛受惣介が、

「どなたにお仕えしてどなたのために働くのがよいのでしょうか」

権六の心を読み取ったかのように、そう呟いた。そこを誤れば、せっかく無数の境目争論をくぐり抜け、さらに新しく切り拓《きひら》いてきた下社の田畑も虚《むな》しく誰かのものとなる。

「権六さま、知らず知らずのうちに剣の山に登らされているのかもしれません」

「傅役など、そんなものだろう」

「そのようなお姿を見てみたいような」

権六はくちびるの端を上げた。

「勘弁してくれ」

これといった野心はない。尾張の東にある、古い社の周囲を治める土豪として、つつがなく土地を後世に引き継いでいければそれでいい。それだけのことに、皆が命を懸け続けてきたのだ。己の枠を越えていこうとする主君の姿は眩《まぶ》しかったが、それでもどこか縁遠いものと権六は感じていた。

三

尾張の虎と美濃の蝮の子の婚儀は、それはたいそう盛大なものであった。権六はもちろん、信勝の傅役としてその儀に参列していた。

花嫁についてきた斎藤家の重鎮たちと尾張の諸将は、向き合ってはいるが双方岩のような表情だ。彼らとの間には千を超える命のやり取りがあった。戦は世のならいとはいえ、人の情まで消せるわけではない。

それでも婚姻の儀はつつがなく進み、やがて終わろうとしていた。

厳粛な雰囲気の中で固めの盃《さかずき》が取り交わされ、両家の間で贈呈品の目録が交わされた。信勝が権六を見たので、何でしょうかと顔を近づけると、

「兄上は美濃へ行くのか」

と小声で訊ねてきた。

噂ではそのような話が城内に流れていたが、結局そのような兆しはなかった。斎藤家の様子を見ても、信長が帰蝶姫の夫になったからといって、すぐに主として迎えるような雰囲気ではない。

「軽々にそのようなことを口になさいますな」

権六が信勝をたしなめたのには理由があった。信秀の様子が少しおかしい。息子の婚姻に涙を流しているのである。

「虎の目にも涙だのう」

権六の隣に座っていた佐久間信盛も不思議そうに主君を見ている。家臣たちもざわついているようだった。信長の介添え役を見事に務めた平手政秀が、婚儀が無事に終わったことを告げ、宴《うたげ》となった。

信秀は虎というよりも山猫のように鋭い顔つきをしているが、その息子たちはいずれも公家《くげ》の公達《きんだち》のような、優美な顔立ちをしている。信長はその顔立ちに似合わず城の外に出るのが好きなようで、よく日に焼けている。権六は日々信長の様子を見聞きしているわけ

ではないが、馬術や水練、そして槍の稽古《けいこ》を好むと聞いていた。そして、浪人やかぶき者のような姿をして領内を徘徊《はいかい》し、素性の知れぬ若者たちを周囲に侍《はべ》らせているという。

信勝の方も末森城を任された一城の主として、鍛錬を怠ってはいない。京から学者を招いて兵法や四書五経を学んでいるし、槍は鹿島《かしま》から来た塚原卜伝《つかはらぼくでん》の弟子だという名手に教わっている。

気付くと、信秀の姿は宴の場から消えていた。

やはりどこか具合が悪いのかと権六は心配になった。列席の者たちがざわついたその時、信長がすっと立ち上がった。

「鼓《つづみ》を」

高く、よく通る声だ。戦場でも信長の声を聞いたことがある。喧騒《けんそう》渦巻く戦の場においては、声が大きいことは武器となる。乱戦の中で無事を示し、下知《げち》を正しく遠くまで届かせることができるのだ。信長の言葉を受け、小姓の一人がすっと鼓を差し出した。受け取った信長は、新妻の方を見る。

「打てるか」

帰蝶は慎ましげに目を伏せて頷《うなず》いた。信長は扇を開き、鼓と共に謡い始める。

極楽浄土の玉すだれ、

干珠満珠のたまのはに、
あくればいよいよひかります、
玉体つつがのうして、
あめがしたこそのどかなれ

想い人を殺《あや》めた男を寿《ことほ》ぐ歌『静《しずか》』だ。

婚儀の席にはふさわしくない悲しみを伴った歌と舞だが、信長の舞には人目を引くような華があった。舞い終えると、それまで巌《いわお》のような顔を一切崩してこなかった美濃の家中の面々が、驚きに顔を見合わせている。

その後宴は大いに盛り上がり、それまでよそよそしかった両家臣たちも、やがて少しずつ言葉を交わすようになった。

信長は静かな表情で座に戻り、切れ長の目を光らせてじっと前を見ている。その瞳は誰かを見ているようで何も見ていなかった。

四

信長の評価は語る人によって全く違う。信秀の跡取りとして十二分の才覚を持っていると絶賛する者もいれば、弾正忠家の後を任せる資質など皆無であると酷評する者もいた。古くから尾張に暮らす国衆たちの評判が悪かった。

「いかが思われます？」

惣介に問われても答えようもなかった。

「三郎さまのことは何も知らぬに等しいからな」

「風に乗って様々な噂が行き交っておりましょうものを」

「確かでない噂で右往左往するのは意味のないことだ。どのみち信長さまが殿の跡を取るということであれば、信勝さまは連枝衆《れんししゅう》となって支える。我らはそれに従うだけだ」

惣介は不安そうな表情を浮かべた。

「権六さまは存外頭がお固い。君主が仕えるに値しない時は、主《あるじ》を替えるのが賢者の振る舞いというものでは」

「それは仕えるに値しないと決まった時だろう」

「噂が広がるのは、それだけ皆が不安に思っているからではありませんか」

「それはその時になってから決めればよい」

権六はそう諭すと、屋敷を出た。

彼が治める下社の城は、小高い丘が連続する中でも最も高い丘に築かれたものだ。権六よりも数代前からあり、簡単な土の壁と申し訳程度の空堀に囲まれた小さな城である。

それでも、一度守りに入れば周囲に無数にある小高い丘を出城《でじろ》として、いかようにも敵を食い止めることができる。

一度、知多の戸田《とだ》の軍勢が攻め寄せてきて田を刈ろうとしたが、権六が自ら高針《たかばり》のほんの小屋ほどしかない砦から打って出て、散々に打ち破ったことがある。

下社の西北には、このあたりの地名の元になった矢白《やしろ》神社がある。そしてもう一つ東北の方に、祀《まつ》られている神すら伝わらない古い社があった。

権六は時折そこを訪れる。出かけるのは夕暮れ時の、道で誰とも出会わなくなる頃合いと決めていた。この時分に歩き回っているのは、野伏《のぶせり》の類《たぐい》しかいない。下社の城下では権六は徹底的に野伏の類を叩《たた》きのめしているので、被害はほとんどないが。

尾張は木曽《きそ》と長良《ながら》という大河から無数に枝分かれしている支流の恵みを受けているが、下社のあたりの丘陵地に住む者たちは年々水不足に悩まされている。なので水の恵みを願うための社がいくつもある。天が気まぐれであるように、人もまた移り気だ。

社の中には、いつしか信仰を失い、近寄る人の少なくなったものもある。小高く急峻《きゅうしゅん》な丘は物見にうってつけだが、城から近すぎることもあって使われることは少ない。いつしか妖怪の類が出るとの噂も流れ、里の者たちも近寄らなくなってしまった。その丘に権六は向かっていた。

斜面を切り拓いて営々と築かれた田畑の先に、こんもりと雑木の茂った丘がある。

「人の気配はありません」

惣介が小さな声で言う。権六はゆったりとした足取りで茂みの中へと入っていく。数歩進むと藪《やぶ》が切り払われ、丘の上へと続く細い道に出る。

灯《あか》りもないが、権六は夜目がきく。躓《つまず》くことなく坂道をのぼりきると、小さな庵《いおり》が闇の中に佇《たたず》んでいた。庵の周囲は美しく掃き清められており、庵の奥からは微かに白檀《びゃくだん》の香りが漂ってくる。

「お筆《ふで》、いるか」

扉の外で一度足を止め、中の様子を窺《うかが》った。

「ここに」

鈴の音のような可憐《かれん》な声が返ってきた。するりと戸が開くと、小さな灯明に白雪のような娘のかんばせが浮かんでいる。無紋のごく質素な小袖だが、妖艶ですらある娘にはそれが似合っていた。長い髪を下ろし、顔の半ばを髪で隠している。

隠さずともよい、と一度は言った。

「権六さまには美しい私だけを見ていただきたいのです」

と言われ、二度は口にせぬようにしている。

「今日はおいでくださるかと」

「卦《け》にそう出ていたか」

「はい」

わずかに声が弾んだ。お筆、という名は権六が与えたものである。彼が助けた際に握りしめていたのが、大和《やまと》筆だったからだ。

三河と尾張の国境には、野伏の巣が多くある。巨大な勢力を自分の土地の両側に持つ国衆や土豪たちは、双方の禁制――法規、法度《はっと》をもらって何とか平穏を保とうとする。だが、国境に近いほどその力の及ぶ範囲が曖昧《あいまい》になる。その隙《すき》を突くようにして、野伏が湧いてきては勝手なことをする。

野伏とはいっても、そのほとんどが権六と同じように土地を持つ豪族で、彼らも要するに自らと一族郎党のための土地を求めて、他人がしがみついている土地を奪おうと様子を窺っているのだ。

権六は、信長と帰蝶の婚儀の直後、下社の東隣にある猪高《いだか》山のあたりで野伏の一団が暴れていると聞き、自ら手勢を率いて討伐に出た。いつもなら権六の顔を見て逃げ出す者たちが、その日に限っては勇ましく立ち向かってきた。当然敵《かな》うものではなく、あっという間に突き伏せると、荷駄を捨てて逃げ出した。

お筆はその荷駄の中に押し込められていたのだ。

「体の具合はどうか。傷もかなり癒《い》えてきたのではないか」

お筆は嬉《うれ》しそうに頷いた。

「もうこのように」

すっと立って二、三歩歩いてみせる。その立ち居振る舞いと能の足さばきを見るような隙のなさから、彼女が良家の生まれであることは間違いなかった。だが、彼女がどこの家の者なのか四方を探らせているが、どこの誰か全くわからない。

どの家でも、女子は貴重な財産であった。家を継ぐことはできないが、別の家の男子と結ばれることで同盟のかすがいとなる。だからこそ、野伏の的にもなる。

一方で、自分の家の娘がさらわれたとあっては世間体も良くない。野伏からお筆を助け出した時には、彼女は体中に重い傷を負っていた。美しい白い顔の左半分には刃で切った傷がいくつも刻まれていた。

戦場での医術の心得もある権六は、衣から滲《にじ》む血に気付いて衣の下も見た。女性を辱《はずかし》める最も残酷な傷もついていた。

「自在に歩けるようになったな。良かった」

助けた当初足の腱《けん》は切られ、自力で逃げられないようにされていた。

「そろそろ、お前がいずこの家の娘なのか調べねばならん」

だがその言葉をお筆は喜ばなかった。

「私がここにいてはいけませんか」

「それは……」

「権六さまが私に、この庵と傷を癒やす時をくださいました。筆という名前もあなたさまから頂いたものです」

「それはそうだが」

権六は首を振った。

「庵も名前も仮のものに過ぎないのだ。お前はいずれ、元いた場に戻らなければならない。俺が見るにお前は良きところの娘であろう。家の者たちも心配しているに違いない」

「私は何も思い出せません」

お筆は囲炉裏に目を落とした。

「……わかった。無理をすることはない。心が落ち着くまでここにいればよい」

権六はそう言って立ち上がった。

「もうお帰りですか」

「日も暮れている。そろそろ休む時だろう」

お筆は、さようですかと小さな声で言ってまた目を伏せた。庵を後にして丘の下に出ると、惣介が木陰から姿を現した。

「お早いことで」

「様子を見に行っただけだからな」

「お筆さんの傷の具合はいかがです？」

「随分と良くなってきてはいるようだ。火傷《やけど》や顔の傷はなかなか消えないだろうがな。若いのに気の毒なことだ」

「娶ってやればよいではありませんか」

権六は渋い顔になった。

「団子でも買いにいくような気楽な物言いをするな」

「傷物ゆえ、ですか」

「今後それを申したら許さぬぞ」

惣介は首を縮めたが、またすぐ口を開いた。

「権六さまは勘十郎さまの大人となられ、今や尾張に隠れなき将、独り身のままでいればあちこちから嫁取りの話もまいりましょう。それでも嫁を取らなければ、また何かと噂が立つに相違ありません」

「別に気にするほどのものでもない」

「誰か想い人がおられるのなら、私が仲立ちいたしましょう」

白々しい口調で惣介は言った。

「お前がお筆と俺を夫婦《めおと》にしたいと思っているのはわかっておる」

「隠しておりませぬからな。あのまま戸棚の奥に隠した饅頭《まんじゅう》にするおつもりですか。鼠《ねずみ》にかじられても知りませんぞ」

「下らんことを言いおって」

権六が睨《にら》みつけると、惣介は鼠のような素早さで姿を消した。

五

信秀と道三の間に結ばれた同盟は、互いの強みを活かすというよりも、弱さを覆い隠すために必要だった。その弱さに権六は寝付きの悪い日々を過ごしている。あれほど強かった信秀が見せる老いと弱さが、思った以上に心を揺り動かしていた。

権六には妻子がいたことがある。だが、出産の際に妻も子も共に世を去ってしまった。その時のつらさが、彼に次の妻を娶ることを躊躇《ためら》わせている。よくあることだと周囲には言われ、信秀にも早く妻を迎えるよう言われているが、言を左右にして逃げていた。

信秀のおかげで、数百の軍勢を率いる一方の旗頭に引き立ててもらった。貧しい家に生まれれば貧しく、豊かに生まれれば豊かに。親が辿《たど》ってきた道をそのまま辿ることが、引き継いだ土地を守る方法だと信じ込んでいた。

しかし信秀は、彼にそうでない道を示した。引き継いだものを守るために、枠を越えてもよい。主君が前を歩いてくれているから、新しい道でも怖くなかった。

民と臣下を抱えている者は、いかに安定して彼らの腹を満たせるかが肝要であり、逆にそれ以外には目的などないと言っていい。

群雄割拠してそれぞれの勢力が小さければ、他国の草刈り場となってしまう。保つために合わせていく。奪われないために打って出る。それが信秀の考えであった。信秀がもし世を去ってしまったら、守れるのか。

それは権六と同じく、信秀の息子を補佐する立場にある林新五郎《しんごろう》秀貞にとっても同じだった。

「信勝さまが家督を継がれれば、将士の心がより通じる」

それほど老いているわけではないが、梅干しのようにしわくちゃの顔と禿《は》げ上《あ》がった頭が老人のように見せている。林家はもともと春日井《かすがい》郡で勢力を張った国衆である。各地の土豪に顔が利くことから、信秀の信頼も厚かった。

彼が信長の補佐を任じられた際に、秀貞は当初断ったという。

「三郎さまは何を考えておられるかわからん」

それは権六も感じていた。多くの国衆や土豪が推してこそ、その大名は力を誇ることができる。だが、

「話を聞いておられるのかもわからんし、聞いておられてもわかっておるのやら」

という態度をとるらしい。

決して愚鈍な人間ではない、と権六は感じている。戦いぶりや帰蝶との婚儀での振る舞

いは只者《ただもの》ではなかった。だが、こちらは命と、その命の懸かった土地を預けているのである。得体の知れない者に賭けるのは恐ろしかった。

「三郎さまに先はあるまい」

権六と二人になった時、秀貞はそんなことをポツリと言った。

「新五郎どのを無下にされるとは思えませんが」

そう言われて秀貞は肩をすくめた。

「三郎さまは若い者とはしゃぎあっているのが楽しいようだ。わしのような年寄りの申すことはきかれまい。平手どのも苦労しているようだ」

信長は自ら鍛えることを好んでいた。武人は刀槍《とうそう》に秀でていなければならないが、将としては人を使うことにも長《た》けていなければならない。彼は老臣にはなじまず、自ら選んだ若者を周りに集めていた。

「三郎さまは小姓を多く侍らせ、野山を駆け巡って遊《あそ》び呆《ほう》けておられる。今、殿の御身が芳しくないという時になさるべきことではない」

秀貞の考えに、権六も賛同していた。信秀の才覚で大きくなった身代は、誰かから奪って信秀のものとなった。当然、跡を継ぐ者の才覚が足りなければ、他の誰かのものとなってしまうだろう。

大きく広がった信秀の版図を守るには、新しく従った国衆や土豪、そして四方の諸公を納得させるだけの力量がなければならない。権六の判断も、三郎信長にはその力はないというものであった。

だが、信秀が指名した世継ぎはあくまでも信長である。権六の補佐する信勝がもし織田弾正忠家を継ぐとしても、まずは世間が納得しなければならない。


天文二十（一五五一）年に入ると、信秀の体調が悪いことは公然の秘密となっていた。権六も来《きた》るべき「その日」を覚悟せざるを得なくなっていた。二月も末のある日、秀貞から使いが来たので、権六は末森城の奥へと向かった。

信長と信勝の母は土田《つちだ》御前と呼ばれ、美しく聡明なことで知られていた。彼女の意向は、信秀が体調を崩している今、無視できないものとなっている。

「三郎にこのまま家を継がせてよいものでしょうか。私は……」

権六と秀貞を前にするなり、思い詰めた表情で御前は口を開いた。

「殿は病と闘っておられます。滅多なことを申されますな」

御前の言葉を権六は遮った。だが、御前はきっと権六を睨み、言葉を続けた。

「殿がご存命であるからこそ、決めておかねばならないのです。私は殿にお願いして世継ぎを代えていただくよう、お言葉を残していただきたく思っています」

目じりが吊り上がり、正視するのも憚《はばか》られるような険しい気配を漲《みなぎ》らせている。

「確かにそうかもしれませんな」

秀貞は慎重な口調で相槌《あいづち》を打った。

「殿直々のお言葉が何より重い。長幼の序を考えれば三郎さまが跡を継ぐのが自然な流れではあります。殿ご自身のお言葉で勘十郎さまこそがふさわしいと言い遺していただければ、三郎さまを支持する者たちも納得するでしょう」

信秀の病状は秘されていたが、街中には既に危篤であるという噂が駆け巡っていた。忍《しのび》や乱破《らっぱ》といった影働きの者たちが噂をばらまいているのだろう。以前にも、信長と帰蝶姫との婚姻に際して、信長がそのまま美濃に行き、信勝が尾張下四郡の支配者になるという噂が広まったことがあった。

信秀の勢力が大きくなればなるほど、そのような真偽定かでない風評が流れるようになった。尾張が乱れれば美濃と駿河が得をする。上がしっかりしているうちは、兵や百姓たちもうろたえないが、跡目のごたごたに紛れて風説を流されれば、人の心は動揺してしまう。

「承知いたしました。我らからもお伺いしてみることにいたします」

御前の勢いに押されたように、秀貞は頷いた。

「お伺いするだけでは足りません」

御前はきっと眉を上げて念を押した。

「私の望むように、殿のお言葉を引き出すのです」

その目が赤く血走っていた。

「殿のお側には何者も近づけないようにしておきます」

権六と秀貞に向かい、にじり寄らんばかりの勢いだ。

「もし殿がそなたたちの言葉をお聞きくださらない時には……」

この人は恐ろしいことを口にしようとしている。権六が制止しようとした矢先、秀貞がさっと手をあげた。

「殿が病に苦しまれておられるのに、近侍もいないとあってはよろしくありません。我らはいつものように殿にお目通りし、お家のことや後事について承ってまいります」

秀貞に目配せされ、御前の前を共に退出した。

「危うい」

信秀が療養する御殿へ向かう廊下を足早に歩きながら、秀貞は低い声で呟いた。

「御前は殿の病が篤《あつ》くなり、お心が弱くなっておられるようだ」

「引きずられぬようにせねばなりませんな」

御殿に通された二人は、信秀を見舞った。既に口をきける状態にはなく、枕元には信長がついていた。嗣子《しし》としては特段奇異なことではない。もちろん秀貞たちは、御前の言葉などおくびにも出さず見舞いの言葉をかけて退出した。

「やはり三郎さまは苦手だのう」

秀貞はため息をついた。通り一遍の挨拶はするが、あとは心底の見えない瞳をこちらに向けて何も言わなかった。

六

同じく末森城にいる信勝の様子はどうなっているのか、権六は気になった。急いで惣介を派して調べさせると、やはり落ち着かぬようであった。

「風説の嵐です」

惣介は呆れていた。

信長は那古野で既に兵を集め、武備を整えている。そう言う者もいれば、家督を信勝に譲る用意をしていると話す者までいるという。どれもこれもありそうでありえなかった。

権六は信勝に父の枕元に侍るよう進言した。

「殿は何かおっしゃったか」

白い肌をさらに青ざめさせた信勝は、周囲に人がいなくなったのを見計らって訊ねた。

「病は篤く、ずっと眠っておられます」

「兄上は？」

「那古野からおいでになり枕元に詰めておられます」

「那古野で軍勢をまとめているという噂も聞くが。私がまいっても大過ないか」

「三郎さまが軍勢を集める道理がありません」

「いやある。私を滅ぼしにくる」

一族まとまって難に当たるのが普通であっても、織田家は骨肉の争いを続けて四分五裂の状態だ。信勝がそう思っても無理はない。

信長と信勝はこれまで表だって不仲ではなかったが、仲睦まじいというわけでもない。立場が変われば主君と臣下になるわけだから、兄弟が親しくないのも特段変わったことではない。

「私も殿の枕元に侍っておれば、弾正忠家を継ぐ目もあるということか」

迂闊《うかつ》な人だなと、権六は内心顔をしかめた。その目がないわけではないが、今この時口にすることではない。信勝も気づいたのか、決まり悪げな表情になった。

「誤った」

信勝の美点はここであった。過ちであると分かれば、素直に認める。謹厳な一方で軽薄なところはある。だがこの素直さを権六は愛してもいた。

「分かった。ともかく那古野に向かおう。ただ、その後できるだけの兵をまとめて那古野へ来てくれ」

「それはなりません」

権六は強く諫《いさ》めた。

「自らことを起こしていかがなされるおつもりなのです」

権六の言葉に、今度は素直に誤りを認めなかった。心外そうな顔をしたのだ。

「父上に万が一のことがあれば弾正忠家は乱れるだろう。その時に誰が一番力を持っているのか、誰に身を寄せればいいのか、人々に見せなければならない」

「おおせの通りかと。ですが殿は既に三郎さまを跡取りにされるとはっきりと示しておられます」

「誰も認めてはおらぬではないか」

信長の評判は、確かに信勝に比べて劣っていた。信勝は古風を装うことができた。国衆たちが望む若君像をそのまま演じることができる。本音やわがままを言う相手は権六たちごく近しい者たちのみで、外向きには品の良い御曹子と捉えられている。

ただ、国衆や土豪たちが反対しようとも、母親ですら認めていないとしても、信秀自身が考えを変えたと表明したわけではない。

「わかったわかった」

信勝は冷静さを取り戻し二度頷いた。そして兄弟が父の枕元に座して間もなく。信秀死去の報が尾張国中にもたらされた。

第二章　虎の跡目

一

尾張の虎が天に帰った。藤の花が雨だれのように木立を飾っている中を、百を超える僧侶が国内外から法要のために寺門をくぐっていく。

那古野城の南にある織田家の菩提寺《ぼだいじ》、萬松寺《ばんしょうじ》で営まれた弔いは、実に盛大なものだった。尾張守護が力を失い、織田家中や有力な国衆たちが小さな領地を守っているだけでは考えられないほどの富と力が、織田弾正忠家に集まっていた。それを周囲に見せつけるかのような葬儀だ。

「かよう申してはなんだが、さすがは殿だな」

権六と同じく信勝に付けられている佐久間大学允盛重が、顎下に伸ばした長い鬚を撫でつつ感心した。

「三百人の坊主が唱える涅槃《ねはん》経は腹に響く」

葬儀の取り仕切りは当然跡を継ぐ信長が行うはずだった。信長はこのような決まり事ができないわけではない。権六は信長が婚姻の際に見せた折り目の正しさを、鮮烈に覚えていた。

国衆たちとの折り合いは悪いものの、城を与えられてからの政《まつりごと》はむしろ堅実と言えるほどのものだった。実際、葬儀の準備までは滞りなく行っていたが、肝心の弔いの場に信長の姿がない。

これには信長付きの家老たちが慌てふためいた。弔いの場は次にその家を率いる者を広く知らしめる絶好の機会でもある。そこに次なる当主がいないのだから皆が慌てるのも当然だった。

その点、信勝の振る舞いは見事だった。権六や盛重が知恵をつけたわけではないが、信長が現れないのを確かめた上で、兄に代わり父の葬儀を執り行う、と静かに宣言したのである。

その表情は悲しみに満ちて立ち居振る舞いは折り目正しく、声には威厳があった。

「三郎さまのていたらくに比べて勘十郎さまはどうだ」

そんな囁《ささや》きが庫裡《くり》に満ちた。

「こりゃ織田家の行く末もわからんぞ」

読経が終わった後、盛重は鬚を一本抜いた。信長付き一の家老である林新五郎秀貞は苦り切った表情で腕を組んでいる。

経典の詠唱が続く中を参列者が焼香していく。主君が死んだことは悲しいに違いないが、それよりもこの場がどうなるのかが不安な様子だった。いつも堂々たる姿を見せる連枝衆や国衆も、悲しみに沈むというよりは互いの様子を窺っているようだ。

その時、門の方が騒がしくなった。

「どけい」

甲高く強い声が堂宇を貫いていく。喪主がようやく現れたらしい、と皆の視線がそちらに向いた。本堂から門のあたりまで居並ぶ小身の侍たちの列を割って通るように、一人の若者が大股で歩み寄ってくる。その姿を見て、皆言葉を失った。

信長は誰一人目に入っていないかのように草履を脱ぎ捨てると、汗と泥に汚れた白い肌を隠そうともせず祭壇の前に進んだ。

経を読んでいた僧たちはその形相に圧倒されたのか、海老《えび》のようにその場から飛びのく。父を失った悲しみに正気を保つことができなかったのか……。権六は初めそう思った。だが、位牌を睨みつけるように立っている信長の横顔には、狂気が浮かんでいるわけではなかった。狂気ではなく怒りが見えた。

真夜中の森のように、寺内が静まり返っていた。織田家を継ぐ者として何を言うのか、どう振る舞うのか。それによってこの先数年、いや数十年の自分たちの命運が左右される。

権六はちらりと信勝を見た。

白く整った顔は兄に似ているが、もう一枚、分厚い聡明さがその面《おもて》を覆っている。家臣たちが一様に慌てふためいたり青ざめたりしている時に、信勝一人は端然と座り、兄の登場にも表情を動かさなかった。

弟は兄を見ず、兄も弟を見ない。

信長は荒々しく本堂に踏み込んだ時とは打って変わって、舞うような滑らかさで腰をかがめた。そのまま座るのかと思いきや焼香の灰にやおら手を突っ込んだ。じゅ、と僅《わず》かに皮膚の焼ける音がした。信長は全く気にせず灰をひとつかみ握りしめると、猛烈な勢いで位牌《いはい》に投げつけた。

香木の香りが堂内に一気に広がる。その煙を背に信長が振り向いた。もうもうと立つ灰が炎のように揺らめいて見える。信長がゆっくりと参列者たちを見回していく。見返す者もいれば、怪訝《けげん》そうに目を逸《そ》らす者もいれば、俯《うつむ》いている者もいる。権六はどうしようか迷っていたが、正面からその眼光を受け止めることにした。

相対してみないと相手の考えなどわからない。

そういえば信長とこれほど近い距離で正対するのは初めてだ。気配は憤怒《ふんぬ》を表しているのに、その瞳は恐ろしく冷たかった。ただ冷たいだけではない、激しい流れのようなものがその中にあった。

その正体は何かと考えているうちに、信長の視線は次へと移っていった。どれほどの時が経《た》ったのかと思うほどの長い時間だった。

信長が庫裡から出ていった後も、しばらくは誰も口を開けないでいた。

隣に座っている盛重も首筋にべったりと汗をかいていた。

「刀を抜かれるかと思わせるほどの気魄《きはく》だったな」

剛の者を怯《おび》えさせる威圧が確かにそこにはあった。

「早合点されるな。信長さまは我を忘れて踏み込んできたようでいて、刀は縁に置いておられた」

「さようか」

盛重は決まり悪げに頭を掻いて、信勝を見た。兄の背中を見送っていた信勝であったが、

「引き続き葬儀を執り行う」

そう言って人々のざわめきを鎮めた。

二

兄と弟の行いは、瞬く間に尾張国中に広がり、尾張の外にも伝わっていく。それでも、信秀の喪が明けるまではまだ静けさを保っていた。

信長は一見何事もなく織田家を継いだように見えたが、やがてほころびが見え始めた。

信秀の葬儀が終わって三ヶ月ほど経ったある夕暮れ時、数人の供を連れた僧侶が下社城を

訪れた。

「京へ上る途中なのですが日が暮れてしまいました。一夜の宿をお貸しいただければありがたい」

旅衣はわざと汚したような跡がある。往来をゆく怪しい者は取り調べなければならない。権六は僧を城に招き入れ、あくまで丁重にどこの寺から来てどこに向かうのかもう一度訊ねた。すると、先ほどとは違う答えを僧は口にした。

「朝比奈《あさひな》備中守泰能《びっちゅうのかみやすよし》と申す。治部大輔《じぶだゆう》さまのお言葉を携えてまかりこしました」

朝比奈家は遠江《とおとうみ》の名族である。泰能は掛川《かけがわ》城主として今川家で重きをなしている。

「柴田どのに勘十郎さまへの取次をお願いしたい」

この機を捉えてか、と権六は内心唸《うな》った。織田と今川は仇敵《きゅうてき》の仲のようではあるが、信秀は晩年に和睦を結ぶことに成功していた。

「勘十郎さまに駿河さまが誼《よしみ》を通じるには時期が悪いかと」

権六は慎重に口を開いた。

「当主である三郎さまを差し置いて、今川家の重鎮を勘十郎さまにお目通りさせるわけにはまいりません。まずは那古野へ参られるがよろしいかと」

「もっともでございます」

泰能は柔和な表情で頷いたが、引き下がる様子はなかった。

「ですが我ら今川家は、織田家の主として三郎さまを認めているわけではない。織田家の強さは先代の頃より骨身にしみてわかっております。できることなら駿遠《すんえん》と三河、そして尾張が手を携えて百年千年の静謐《せいひつ》を手にできるように願っておるのです」

油断ならぬことを言う、と権六は内心顔をしかめた。

「ではなおさら、まず三郎さまにご挨拶なさるべきではありませんか」

泰能は首を振る。

「我らが求めているのは三河尾張との国境が平穏であること。信秀さまのご葬儀の際の振る舞い、我らの耳にも入っております。その他にも、かなり放埓《ほうらつ》に過ごされているようですな。士民をいたずらに苦しめるような暗君は、尾張だけの災いではない。近隣諸国も迷惑をこうむるのです」

泰能は押し黙っている権六の心を揺さぶるように身を乗り出した。

「もし勘十郎さまが織田家と尾張一国の安泰を願って挙を起こされるのであれば、今川家はその後詰《ごづめ》となることをお約束いたします」

そう言って書状を取り出した。開いてみると駿河の大実力者、太原雪斎《たいげんせっさい》の添え書きがある。雪斎は先の戦いで先頭に立ち、信秀が苦杯を舐《な》めさせられた名将だ。だが、ここ最近は両家の和親を進めていた経緯もある。

権六は書状を読み終えると丁寧に泰能に戻した。

「織田家の正当な跡取りは三郎さまと決まっております。信秀さまが心を翻されたのであればともかく、そうでない以上、我らは三郎さまをもり立て、尾張を守っていく。そのことに変わりはありません。お引き取りください」

だが、泰能はさらに粘った。

「ここはひとつ思案していただきたい」

分厚い壁のような気配を伴った男だ、と権六はどこか仰ぎ見るような気持ちで泰能を見ていた。東海一の強国の重臣には静かな凄《すご》みがあった。戦場であっても、そう簡単に槍を向けさせないだろう。

「柴田どのは先代弾正忠さまには重恩のあること、よく分かっております。ですが、貴殿もその御恩におこたえしてよく戦われた。十分に義を通されたと言えるのではありませんか」

泰能の言葉には不思議な熱が伴っていた。

「跡を継いだ三郎さまは国人衆《こくじんしゅう》や百姓の心を捉えてはおられぬと聞き及んでおります。貴殿が我らに与力してくださるならば、下社の地だけではなく、高針や長湫まで広く知行を持っていただこうと殿はお考えです」

もちろん言葉だけのことではない、と泰能はもう一通の書状を懐から取り出そうとした。しかし、権六は手を上げて制した。

「ご厚意は誠にありがたきことなれど、先君から受けた恩を無にすることはできません。今や私は勘十郎さまの家老としてお仕えする身です」

「大事を任されている方だからこそ、礼を尽くしているのです」

これ以上耳を傾けるわけにはいかない。権六は惣介を呼んだ。

「客人にお部屋を」

そう言ってもう一度泰能に向き合った。

「もし私があなたの誘いに乗って今川に付くようであれば、やはり欲のために働くような男だと、いずれ見限られることになりましょう」

「己の身代のために寄るべき大樹を選ぶのは不義理ではありません」

「尾張を人々が頼る大樹にしていくことが私の義です」

「なるほど……」

泰能はわずかに目を細めた。

「此度はこれで引き下がります。遠からずまたお会いすることもあるでしょう」

翌朝、もてなしの礼を丁重に述べた泰能は再びわずかな供回りとともに、東へと戻っていった。権六はもちろん、信勝に今川から接触があったことを伝えていた。もしかして、信勝にも同じような誘いがあったのか訊ねると、あっさり頷いた。

「兄上には美濃の斎藤道三がついている。私にはそれほど強い後ろ盾がない。今川がついてくれれば心強いだろう。だが、今川の力を借りて尾張を我が手に握ったとしても自由に動くことはできまい」

　権六は安堵《あんど》した。斎藤と今川のために家中で戦うことになっては何にもならない。そして、兄と弟の間もしばらくは穏やかに過ぎた。

三

「平手五郎左衛門《ごろうざえもん》の息子、五郎右衛門《ごろうえもん》がちょくちょく末森城に来ているようだな」

　下社城を訪れていた林秀貞が渋い顔で権六に耳打ちした。

「そのようですな」

　諸将とのやりとりを信長が全て行うわけではない。近臣たちがそれぞれ取次を務めているることがほとんどだ。信勝の取次は平手五郎右衛門が務めているから、信勝のもとを度々訪れて城の馬場で共に輪乗りしていてもおかしくはない。

「勘十郎さまに馬を買わせているようだ」

　平手家が水運を使って商いを行っているのは広く知られていた。伊勢湾岸にも港はいくつもあるが、最大の港は西部の津島《つしま》である。

　伊勢湾の海運は畿内と東海を結ぶ太い道であり、今川と織田が奪い合うもう一つの宝であった。実際、今川家は尾張にほど近い弥富《やとみ》の港と強い結びつきを持ち、織田家の海路に圧力をかけ続けている。

信長がはじめ与えられた勝幡《しょばた》城は、津島の港を守るための防塁だ。美濃の恵那《えな》山《さん》を源とする庄内川《しょうないがわ》沿岸は美濃や飛騨《ひだ》の木材と、伊勢湾からの水運によってもたらされる物資が交わる場所であった。

平手家は庄内川の物流を押さえ、そこからもたらされる富は織田家の大きな力ともなっていた。政秀は頼りになる存在には違いなかったが、己の家と富を守るために主君に対して口をつぐむような男でもなかった。

信長を補佐する立場の平手五郎左衛門政秀と信勝を補佐する立場の権六は、兄弟の微妙な距離感も相まって疎遠になっている。もともと、家格も違うし縁戚でもないので親しくはない。

「三郎さまと五郎左衛門どのの不仲は今に始まったことではありますまい」

以前から諍《いさか》いはあったという。

津島を支配しているのは弾正忠家だが、港の物産を他の物資や銭に換えようとすると、平手家が支配する庄内川の水運を使わざるを得ない。

「三郎さまがそのあたりの駆け引きを仕掛けておられるそうだ」

信長が表向き見せている顔からは考えづらいことだが、秀貞には確信があるらしい。

「駆け引き？」

「川筋からの上納金を増やすよう平手家に求められているという噂だ」

渋い表情になった。

「五郎左衛門にしても、己が家に損をさせるような殿は厄介だ。話のわかる勘十郎さまに誼を通じようとするのはおかしなことではない」

「しかし、平手の家の者が末森に近づくと揉《も》め事《ごと》の元になりませぬか」

「三郎さまの宿老であるわしだってこうして権六と話しているではないか。何も後ろ暗いところはない。主筋《しゅうすじ》のために働く気持ちがあればこそ、わしは心配しておるのだ」

秀貞は続けた。

「気になるのは、平手が五郎右衛門の動きをわざと三郎さまに見せつけておるのではないか、ということだ。舐めた真似《まね》をされてただ黙っている我らではない、とな」

権六は呻《うめ》いた。平手家が信長の要求に対して、そのような求めをしてくるならば信勝の力になるぞと挑発しているとしたら只事では済まなくなる。

先代信秀は本音を決して表に出さない油断ならない人物であった。だが、思惑のやり取りをするにはやりやすい人物だった。

相手の事情も重々わきまえている、という姿勢を決して崩さなかったからである。それに比べると信長の方は一見粗暴で単純そうに見えて、内心どう考えているのか、どう行動するのか読みづらいところがあった。

読みづらいからこそ、平手の親子も瀬踏みをするようにその心を測っているのかもしれない。ただそこに信勝が巻き込まれるのはかなわない。

「末森にまいるのは少し控えるよう、五郎右衛門にも申しておきます」

権六の言葉に秀貞も頷いた。

四

信秀が世を去ってから、三河との境は不気味な沈黙を保っている。美濃は父と子の諍いが絶えず、子の義龍が実権を握りつつあるという。

信長が、権六が感じたように聡明な人間で、平手政秀も十分に家老としての務めを果たすならば、そうそう悪いことにはならない、と考えていた。安堵と静謐を求める思いは、位の上下があっても変わらない。

「勘十郎さまから酒宴のお誘いが来ております」

惣介が書院にいた権六を呼びに来た。

「何かあったのか」

「平手五郎右衛門さまから見事な馬を購《あがな》われ、お披露目したいとのことです」

宴は口実だろう、と権六はため息をついた。

平手家は南北朝以前から愛知郡平天《ひらて》村あたりに勢力を張った国人で、庄内川の豊かな水と肥沃な土地を背景に栄えてきた。当主の政秀は信秀のためにその富を惜しみなく使い、その分限者《ぶんげんしゃ》ぶりは京から来た貴族の目すら驚かせるほどだ。

信秀が自らの後継者に平手政秀をつけたのは、尾張を束ねる上で最善の手であると言えた。

「お前もついてこい」

権六は惣介に命じた。

「末森にですか？」

「毛受家の者がいれば話も弾むだろう」

「まさか。昔の商売敵ですよ。ですが、お供はいたします」

毛受家はもともと美濃井ノ口、今は斎藤家の本拠地となっている稲葉山《いなばやま》城周辺に勢力を張っていた土豪だ。長良川の水運から得られる富が力の源泉であったとすれば、平手家の商売敵という表現もあながち間違いではない。

下社から末森までは一里ほどだが、緩やかな起伏が連続していて前方を見通すことはできない。信秀が亡くなって以来、権六は己と付き従う者たちを落ち着かせるのに心を砕きすぎて、通い慣れたはずの末森への道ですら周囲をゆっくり見回すゆとりを失っていた。

「遠くまで見通すのは難しゅうございますな」

手綱を引きながら惣介がぽつりと言った。

「井ノ口はもともと我らの土地でしたが、今や美濃斎藤の治めるところとなっています。いつかあの地へ戻りたいというのが父の願いでした」

「ならば何故《なにゆえ》俺のところへ来たのだ。美濃からは遠かろう」

「美濃へ戻りたいのに美濃の近くにいても意味がないと思ったのです」

謎かけのようなことを言った。権六は惣介の言葉を嚙《か》みしめるように考えた。

「もし何かの僥倖《ぎょうこう》が重なって井ノ口、今は稲葉山と呼ばれる城へと我らが帰れたところで、いずれまた誰かに奪われる。道三のような蝮を食い破る力が欲しいのです」

「それならむしろ、佐久間やら、それこそ平手の方がよかろう」

くく、と惣介は笑って首を振った。

「稲葉山は眺めのよい山でしてね。鷹《たか》や鳶《とんび》の類もよく見かけました」

「行ったことがあるのか」

忍んで行きました、と惣介は頷いた。彼が幼い頃にどんな日々を送っていたか、聞いたことはなかった。

「物心がついた時には、井ノ口はもう毛受家のものではありませんでした。でも祖父や父があまりにその話ばかりするので、どれほど素晴らしい場所なのかと見に行ってみたのです」

権六も稲葉山の城下には、信秀の使者として訪れたことがある。だが、天守まで上ったことはない。長良川を北の要害とし、南に向けて猛禽《もうきん》が羽を広げたような形をした山容に無数の出城が築かれている。

「難攻不落のよい城だ」

「難攻不落の地にありながら奪われたのですから、我が父祖にはいささか智勇が足りませんでしたな」

小柄だが頑健な権六の愛馬は、ぽくぽくと穏やかに蹄《ひづめ》の音を立てて坂道を登っていく。手綱を引く惣介の気配にはいささかの乱れもない。

「父は私に、織田家か本願寺《ほんがんじ》に仕えて、故地を取り戻すよう命じました。ですが、美濃の蝮を食らうには何もかもが足りない。だから、忘れるようにしたのです。忘れてまた思い出せば、また新たに見つかることもある、そう父には言い訳しておきました。権六さまにお仕えしていれば、やかましく言われることもありませぬし」

惣介はさして井ノ口に拘《こだわ》っているわけでもなさそうだった。

やがて末森の城が見えてきた。下社と同じように、東に水源となる大きな丘陵が控え、城自体も小高い丘の上に築かれている。ただ違うのが、丘から続く緩やかな斜面に広大な馬場が整えられていることだった。

「勘十郎さまですな」

遠目の利く惣介が手をかざして言った。信勝は騎乗ぶりも鮮やかで、甲冑《かっちゅう》をつけて馬上にある様は勇壮というより優美そのものであった。信勝が騎乗しているのは、鹿毛《かげ》の堂々たる体軀《たいく》の駒だ。

「あの馬は見たことがないな」

「五郎右衛門さまが勘十郎さまにお譲りしたものでしょう」

二人が近付くと、信勝は馬から下りた。

「いい馬を手に入れた」

信勝は馬の首を撫でながら嬉しそうに言った。将領にとって馬は甲冑と共に戦場の華である。優れた馬は何が起きても動じないことが一番とされる。喧騒に満ちた戦場で慌てふためくような馬は全く用をなさない。

信勝が五郎右衛門から買ったというその馬は、権六たちがしげしげと眺めていても全く気にする様子もなく、ただゆったりと飼葉《は》を食んでいるばかりだった。

末森城は小さな丘陵の周囲に空堀を巡らせ、守りを固めている。東から今川軍が攻めてきた場合、権六のいる下社城やこの末森城が最後の守りとなる。

五

高く築かれた土壁には、見慣れない三角の穴が開いている。

「あれは？」

惣介に訊ねると首をかしげた。

「最近南蛮《なんばん》渡来の珍しい武器を手に入れてな」

信勝が得意げに言った。

「もしや薩摩《さつま》に伝わったという……」

五郎右衛門の表情を見て、火縄銃も彼が持参したことを悟った。

「優れた馬、新しく強い武具は士《さむらい》の嗜《たしな》みだ」

末森城は平屋の御殿造りである。奥の広間に通された権六の前には、早速鰺《あじ》の干物と味《み》噌《そ》、酒瓶《しゅへい》が置かれた。

広間には権六と信勝、そして平手五郎右衛門の三人だけがいた。秀貞は末森を訪れておらず、家老の佐久間大学允盛重は何やら争論の仲裁に出ているらしく不在だった。

「柴田どの」

五郎右衛門が丁重な口調で、父政秀からの挨拶を伝えた。珍しいことなので少し驚いた。

「五郎左衛門どのは俺に会うことをご存知だったのかな」

「はい。都合が許せば下社城まで足を延ばしてまいれと言われておりましたから」

「何か言伝《ことづて》があるならここで伺うが」

「そのことですが」

五郎右衛門の表情が曇った。

「今日お届けした天風《あまかぜ》という馬は、懇意にしている木曽の馬飼いから買い求めたものです。他の馬に比べても飛びぬけて大きく、そして美しい。まだ生まれて間もない頃から私が目をつけ、手塩にかけて養うように頼んであったものです」

ですが、と五郎右衛門は膝の上の拳《こぶし》を固く握った。

「三郎さまがこの馬をよこせと求めてこられました」

「売れと言っているのではなく？」

「さようです」

それはいかに主君といえども横暴であるように思われた。

「それでお主はどうしたのか」

「お断りいたしました。人の持ち物を求められるなら、いかにその下知に従う立場の者に対してだとしても、通すべき筋道はあるはずです」

「しかし……」

断るのはいいが、その馬を信勝に譲るというのはいかがなものか。権六は余計な火種になるのではと心配になった。

「三郎さまはご自分の立場を履き違えておられます」

五郎右衛門は話しているうちに怒りがこみ上げてきたようで、顔が紅潮してきた。

「三郎さまのことを先代より託されたのは我が父です。確かに三郎さまを主君と仰いでそのお下知に従うことは、我らが熱田《あつた》神宮の神々にお誓い申し上げたことに違いはありません。ですが……」

信勝は気の毒そうな表情を浮かべてその肩を叩いた。

「これまでの働きを考えぬ兄上の所行、弟として申し訳なく思う。弾正忠家への心があるなら、末森とのやりとりを密にしてくれ」

そう頼まれると五郎右衛門は快諾した。

二人のやりとりを黙って聞いていた権六だったが、信勝にその馬を手放すように勧めた。だが、

「兄上が無理やり奪おうとした馬を私が正当な代価を払って手に入れる。何を遠慮することがあろうか」

と拒んだ。その言葉にも一理あった。だが、挑発を受けた時の信長がどう振る舞うのか予測しがたい。父の葬儀で見せた気性の荒さが出るのか、婚儀で見せた冷静さが出るのか

測れなかった。

「いや、このことで兄上が目を覚ましてくだされば良い」

信勝は言った。

「傅役を務め、尾張を古くから支えている平手家を侮るようなことがあってはならない。そのような無理押しを続けるようなら、やがて国人衆をはじめ侍たちの心も離れてしまうだろう。ただ無理を押すのではなく正しき取引ができる者が織田弾正忠家中にあると四方に知らしめておくのは大事なことだ」

権六は五郎右衛門の眼光が一瞬鋭くなったように感じた。

「それでこそ、土田御前さまが次の当主と強く推されたお方。我らが求めるのは平穏です。これがもし破られる兆しがありましたらその時は……」

最後まで言わず、五郎右衛門は平伏した。

「権六、これは弾正忠家のためである。お前も私の心に添って考えてもらいたい。心配せずとも、私は皆の安堵を考えているだけだ」

信勝は反論を抑えつけるような口調で言った。

六

天文二十二（一五五三）年の年が明けた頃、下社城を姉のお房《ふさ》が訪れていた。この年の冬も寒く、三河の山は白く雪を戴《いただ》いている。

お房は佐久間信盛の従兄、盛次に嫁いでいる。盛次も権六と同じく信勝に仕えている。権六と違って家の当主ではないので、末森城近くに暮らしていた。

「姉上、お腹の子も健やかそうで何よりだ」

お房の子は権六の甥《おい》か姪《めい》ということになる。

「人の子を楽しみにするのではなく、自身のことをそろそろお考えなさいな。いい人がいると聞いていますよ」

「惣介のやつ、余計なことを……」

権六が舌打ちすると、お房は幼子を叱りつけるようにくちびるを突き出した。幼い頃はよく似ていると評判で、権六は気の毒に思っていた。だが、大人になるにつれお房はどんどん美しくなり、文武揃《そろ》ったよき女子として佐久間家に迎え入れられた。腹に子を宿してからは、輝くような美しさを放っている。

「権六」

急に姉の表情があらたまった。

「耳に入っていますか」

「何がです」

「昨日、平手五郎左衛門どのが腹を召されました」

権六はしばし呆然《ぼうぜん》としていた。

「腹を……。誰かに斬《き》られたとか、病で倒れられたのではなく？」

「三郎さまの行いを諫めるためだと清洲《きよす》では言われているそうです」

実際のところは違うのであろうことは、権六にも想像がついた。

「揉めたのか」

「そこまではわかりませんが、末森にも不穏な気配が」

五郎右衛門が、信長が求めていた馬をわざわざ信勝に売った行いからしても、平手家の意向が働いていないとは言い切れない。それ以前に、信長が自分に馬をよこせと言ったのは、はたして単に横暴であるが故だったのだろうか……。

ともかく、父からつけられた尾張の有力者が腹を切ったことは、国中に激しい動揺をもたらした。

平手政秀の「諫死《かんし》」を境に、お房の言っていた不穏な空気が一気に国中に広がった。その不穏を逆手に取るようにして、信長は力を手にしていった。

「さほどの器量があるとは思えぬが」

と林秀貞は権六に囁いていたが、信長は徐々に、弾正忠家の惣領として精力的に動き始めた。信長の勢力範囲は尾張下四郡、つまり国の南部である。権六の下社城は下四郡の東、愛知郡の東端近くにあたる。

信勝の末森城は那古野と下社のちょうど中間にあった。小田井川《おだいがわ》（庄内川）を隔てて北にしばらく行くと、清洲の城がある。そこを尾張下四郡の守護代、織田大和守信友が治めていた。

そこからしきりに使いが来るようになったのは、天文二十三（一五五四）年に入って間もなくだった。末森城に妙な気配が漂い始めたのはそのあたりからである。

大和守信友が信勝に対し、信秀の家督を継ぐ気概を見せるのであれば後ろ盾になる、と言ってきていた。これまで、大和守家と弾正忠家は激しくいがみ合ってきた。だがこの両家が手を結べば、尾張南部は一つになる。

「受ければよかろう」

平手政秀の諫死以降、頻繁に下社城を訪れるようになっていた秀貞は、その申し出を受け入れるべきだと権六に言った。

「新五郎どの、最近よく来られますな」

広間でくつろぐ十ほど年上の将に酒と味噌を出してやりながら、権六は探るように言った。秀貞は信長の一の家老である。美濃国衆、稲葉氏から分かれた林家は春日井の有力な土豪で、信秀の信が厚かった。

権六が戦場で大いに槍を振るっている間に、秀貞が戦の支度や後始末の算段をするのが常だ。秀貞の居城がある春日井沖村と下社は遠くはないが、これほど気軽に茶飲み話をするという近さでもなかった。

「あと、物騒なことを言うのはやめてくだされ。大和守さまの後援を受けるなど、今川の味方をするよりも危ういことです」

信友の後援を受けよ、などと信長の家老が言うべきことではない。

「わしはどうも三郎さまとはそりが合わぬ」

「一の大人でありましょう」

「二の大人が苦心しておった」

秀貞は苦笑した。

「三郎さまは年寄りにあれこれ言われるのを好まれないのでな。それに、大和守さまが勘十郎さまにしきりと色目を使っておられるのは、焦りもおありなのだろうな」

信友が信勝寄りの言動をするのは、権六にとっては迷惑以外の何物でもなかった。

「どうせ坂井大膳《さかいだいぜん》あたりの入れ知恵だろう。大和守さまはただ、三郎さまが己の言うことを聞こうとされないのが不快なだけだ」

大和守家の実権を握り、小守護とあだ名されるほどの有力者である坂井大膳を警戒しているうちに、清洲で変事が起きた。信長が叔父《おじ》の一人である信光《のぶみつ》を動かして清洲を奪い、小守護代として権勢をふるった坂井大膳を駿河に放逐したのである。

「これは父君に劣らぬ胆力だ」

権六は感心しつつ、一方で違和感も覚えていた。信光を助けた信長の軍勢は、父の代からの家臣たちではなく、若く荒々しい小姓たちであったという。彼らは許しを請う者たちを容赦なく痛めつけ、信長に逆らわぬことを誓わせていたという。

信秀も刃向かう者たちを叩きこそしたが、詫《わ》びが入れば許した。信長は父よりも一段厳しいことが、土豪たちの間に不安を呼んでいた。

七

そして平手政秀が命を落としてから、信勝の様子に変化が生じた。兄に対して、苛立《いらだ》ちを隠しきれなくなっていた。

「勘十郎さま、短慮はなりませぬ」

権六は何度か宥《なだ》めた。信勝の苛立ちは、信長が見せる意外なほどの策謀のうまさ故だった。かと思えば、信勝に対しては不気味なほどに親愛の情を見せてくる。

母の土田御前に対しても、弟と手を携えて父の功業を受け継いでいきたいと殊勝なことを繰り返し述べる一方で、清洲に移ったのを契機に尾張下四郡をあっさりとまとめ上げてしまっていた。

信勝は兄の動きに恐怖を覚えていた。

「このままでは兄上は何をしてこられるかわからん。権六、何とかならんか」

信勝の破滅は下社柴田の滅亡でもある。信秀に安堵してもらった地を失うのは名折れだ。下四郡を束ねつつあるとはいえ、信長の評判がよいとまでは言い難い。

「古くからお仕えする者を粗略に扱われているように思える」

林秀貞はしきりにそう言った。

「そのようなことはありますまい。境目争論で依怙贔屓《えこひいき》をなさっている気配もない」

裁きが偏っている、とは権六は思わなかった。

「いや、お心がわからねば力の尽くしようがない。国主であろうとなさるならば、与力同心する者たちに対して胸襟を開いていただかねば」

一つの国は無数の村からなる。村は大名家だけでなく、国衆、土豪、寺社の所領が複雑に入り組んでいる。その大小も田畑の善し悪《よあ》しも様々で、一つ命を下せば全てが動くというものではない。

力を持つ者は従う者に対して絶対に与えなければならないものがあった。それが「安堵」である。堵はすなわち土地を囲む垣であり、垣の内側を保証しなければならない。

信秀がしてきたことを信長は引き継がねばならない。だが、信長の周囲には普通なら土地など与えられない立場の次男、三男や素性の知れぬ浪人たちが群れを成している。彼らに安堵が与えられる代わりに、自分たちの安堵が奪われるのではないか。

その漠然とした恐れが、秀貞を含めた尾張の将士の心を揺さぶっていた。

「このままでは収まらぬか……。だがまだ諦《あきら》めるのは早い」

権六は信長の心底を考えすぎて軽挙に走ることを嫌った。それは信秀が望んだ未来では決してない。

信勝が立場を守るためには、大和守家との連携を図るべきだったが、その後ろ盾はすでに失われてしまった。信長が累代の主筋である大和守家を潰《つぶ》したことは、これまでの枠を壊そうとしていることを意味する。

信秀の代から尾張の中で勢威を張っていたが、守護家の斯波氏と守護代家を排することは決してしなかった。信秀は兵が決して強いわけではない尾張がどうすれば「静謐」を得られるか考え抜いていた。だから、あくまでも守護家を奉る姿勢は崩さなかった。先例を崩すのは乱れでもある。

「尾張を乱れから救わねばならん」

信秀が定めた順逆を破ることも、また乱の元となる。

「まだ事を起こすのは時期尚早。三郎さまの動きは理不尽なものではありません」

信長は思い切ったことをする、とは権六も思っていたが、兵を挙げてもこちらに理がない。

「しかし、母上から救いを求める文が寄せられている」

信勝の言葉に、権六は内心舌打ちしていた。

八

信勝の母である土田御前は信長を嫌っている。兄弟共に白皙《はくせき》の美しい顔をしているが、信長の方がより御前に似ていた。だが似ているからといって親しみを覚えるわけでもないという。

「三郎さまが御前さまに無体な仕打ちをなされるはずがありません」

「なにゆえそう言える？」

御前からどのような文面の手紙が来ているかはわからない。だが、信秀死去の直前にひそかに呼ばれた際の様子から、信長を怖れているのは容易に想像できた。

「ここはお考え一つだとは思うのですが……」

権六は、信勝が頻繁に清洲へ出向くか書を送るかして、政に参画してみてはと促《うなが》してみた。

「兄上が私の言葉に耳を傾けられるとは思えん」

信長が常に行動を共にしているのは、小身の国衆や土豪の子弟が多かった。彼らは側近であるからといって貫高を加増してもらっているわけではない。馬を駆って走り回る信長の後に瘦せ馬と弓一張槍一本のみでつき従い、戦の真似ごとを繰り返している。それを清洲の周囲だけでなくあちこちでやるので、不安を覚える者もいる。

「前にこの末森の城下でもやられただろう」

信勝は忌々しげに膝を打った。

権六もその様子を見ていた。田畑を荒らしたわけでもなく、百人ほどで二手に分かれ、合戦を模してひと暴れしたのちに風のように去っただけだ。

「戦のために備えをするのは将として当然のことです」

「だが末森には私がいる。他の城下でもそうだが、わざわざ脅しをかけるようなことをせずともよいではないか」

気にしすぎだとは思ったが、信長に非がないわけではない。挑発するようなことを何も告げずにする必要はないし、何か意図があるなら書状の一つでも送ってくればよい。

尾張の実力者として君臨するには、国人衆、土豪の支えなくしてはやっていけない。信秀は傍若無人に見えるほどの強さと狡猾《こうかつ》さで勢いを増していきながら、繊細な飴《あめ》細工を仕上げるような慎重さで日々を送っていた。

守護家、奉行家、連枝衆、譜代、与力、合力の者たちの版図と思惑が入り組んでいる国内だけでなく、三河、美濃、伊勢という三方との駆け引きと戦もある。ただ力押しすればよいというものではない。

「その慎みが兄上にはござらん」

信勝が危惧《きぐ》しているのはそこだった。その危惧を共に抱く者が日に日に増えていく。もはや順逆を言っている場合ではない。

「このまま三郎さまにお任せしていては、我ら尾張衆は他国との事にあたることができない」

その声が多く末森に集まるに至って権六も腹を決めた。

信長に敵対することを明らかにした林秀貞とともに、信勝に弾正忠を名乗るように勧めた。弾正忠の受領名は、信秀の系統の当主が代々名乗ってきた栄誉あるものだ。

「これは挑発ではない。挑戦である」

織田家の当主が誰なのか四方に見せつける狙《ねら》いがあった。

信長は当然、使者を送ってきた。詰問するためかと思いきや、意外なことに不満があれば何でも申せという穏やかなものだった。

権六は、使者として訪れたのが近習の一人である前田又左衛門利家《まえだまたざえもんとしいえ》であることを責めた。

荒子《あらこ》城主の子とはいえ、城持ちになることなど到底望めぬ四男である。

「又左、大人同士の話なら佐久間右衛門尉信盛なり、それなりの身代のものを遣わすのが礼儀というものではないか」

だが、利家の受け答えも堂々としたものだった。

「私の身代は関わりございません。三郎さまは私に言葉を託されたのです」

権六の無骨な容貌《ようぼう》と違い、利家はすっきりとした長身で、傾《かぶ》いた格好をしているわけでもないのに光を振りまくような美しさがあった。信長は自らの周囲をそのような若者で固めている。

「このままでは信秀さまが築き上げられた尾張の静謐も崩れてしまう。お前はすぐさま清洲に立ち戻り、三郎さまが行いを改められ、尾張の侍どもが安堵できるように心を尽くされるよう申し上げよ」

だが利家は、春風にでも吹かれているように涼しい顔を崩さなかった。若者特有の強さと怖いもの知らずが、その表情に表れていた。

この表情はおそらく信長も同じなのだろう。その恐れを知らぬところが、わずかの過ちで累代伝わった土地を失いかねない者たちに恐怖を与えているのだ。

「勘十郎さまこそいかがか」

利家の態度は傲然《ごうぜん》としたものへ変わっていた。信勝は席を蹴って立ち上がり、刀の柄《つか》に手を掛けた。

「侮るか、下郎！」

近習が慌てて信勝を止め、利家は肩をそびやかして清洲へと戻っていった。

九

ついに兄弟の激突は避けられなくなった。

権六は下社の主だった者たちを城に集めた。

この先のことは、権六が独断で決めて良いことではない。下社の者たちの安堵は、権六が織田信秀に取り次ぐ形でなされていた。

もちろん、次の主君である信長が彼らの領土を安堵しているのであるが、多くの者が不安を抱いていた。信長の普段の振る舞いは、尾張守護代三奉行家の一つの当主としては、あまりにも粗暴に見え、人々と親しく接することもなかった。

権六にも迷いは残っていた。帰蝶を娶る際に見せた、舞ひとつで人々の心を和らげ、まとめて見せた手腕はただならぬものがある。

その一方で、自らの周りを寵愛《ちょうあい》する小姓で固め、その本心を推し量らせない。

信長が自分たちの土地を守るために働いてくれるのか、権六にも自信がなかった。権六に与力する者たちに、自信を持ってこの方なら主君として仰ぎ見ることができると言い切れるのは、信長ではなく信勝であった。

「権六さま。林どのも既に腹を決めておられます。信勝さまの大人衆としてそば近くお仕えしている以上、信勝さまに万が一のことがあれば下社の衆もただではすみますまい」

口々に権六にそう迫る。人々が何より望むものは、静謐と安堵である。

この二つを与えてくれるのは誰か。家が、国が乱れれば静謐と安堵は失われる。信勝には権六だけではなく、尾張の名家佐久間家からも大学允など有力な武将が付けられていた。

「やい権六」

佐久間大学允盛重は末森城と下社城を忙《せわ》しく往復している権六を呼び止めると、

「わしらは三郎さまにつく」

そう明言した。権六も、そうかと頷いただけだ。理由など問うだけ無駄だ。己が家の身代を守るためにそう決めたことに口を出すことはできない。佐久間でも信盛、大学允は信長につくが、盛次や林秀貞は信勝についた。

「下社は本当に勘十郎さまを戴くのか」

盛重は念を押した。

「三郎さまでは尾張の東を抑えることはできませぬ」

「同じように、信勝さまでは那古野から西に睨みをきかせられんだろう。ともかく、これで勝負がついて平穏になればいいがな」

権六が直接率いることができるのは三百人程度だ。

頭の中で信長が動員できる兵力を考える。兄弟での戦となれば尾張織田氏一族の中には様子を見る者もいるだろう。どちらかにつけば勝敗が決した時に自分たちの財産が奪われかねない。

わざわざ火中の栗を拾うのは、乾坤一擲《けんこんいってき》の勝負に出ようとしている者だけだ。信勝は立場の逆転を望んでいるのだから持てる力のすべてを注ぐだろうし、諸将にも尽力を求めるだろう。一方の信長はどうか。平手政秀が腹を切ったことで国衆たちの心は離れているはずだ。

陣触れによって集まった三百に満たない兵を末森へ率いていく。

末森城に近づくにつれて、街道を行き交う兵馬の数は多くなっていった。昨日まで田畑にしがみつくように働いていた男たちが粗末な具足に身を包み、叩けば折れそうな槍と太刀《たち》を担いで権六に従っている。

途中で権六の馬が足をくじいてしまった。縁起でもないな、と内心舌打ちする。

「こんなことなら五郎右衛門さまが末森に来られた際に一頭譲ってもらうのでしたな」

馬の足を診《み》ていた惣介がため息まじりに言った。戦の前に馬を失うのは良い兆しではない。権六は兵たちを先に末森に送り、自らは一度矢白神社に戻って本殿に手を合わせた。

ふと、お筆のことが頭をよぎったが立ち寄るのは思いとどまった。

肉親同士の戦いは結末の予想がつかない。敵も味方も互いに顔見知りだ。恫喝《どうかつ》や矢戦で終わればいい、と権六は内心願っている。

信勝側に集まっているのはおよそ千五百と権六は見ていた。

「この戦は織田家の行く末を占うだけではない。尾張国の侍たち全ての心を安んじるためのものだ。このまま兄上に尾張を任せていては、いずれ美濃や三河、駿河の草刈場となってしまうだろう。私が父上の跡を継いで真の弾正忠となり、皆の心を合わせて、静かな日々を守るために戦おう」

諸将は声を上げて信勝に賛意を表した。

「負けられない戦いである以上、総大将を誰とするかが肝要だ」

そう続けた信勝は権六を見つめた。

「此度の戦、これある柴田権六に指図を任せる」

諸将はどよめいた。兄弟の戦なのに、その一方が出てこないのは奇妙なことである。だが信勝はそのような疑問を予期していたかのように、言葉を継いだ。

「尾張を乱す兄上を懲らしめる戦いである。もはや兄上は主君でも盟主でもなく、尾張守護を壟断《ろうだん》し、ただの賊と成り下がった。そのような相手に私が直々に相対することはない。柴田権六と林新五郎ふたりで十分に戦えるはず。もちろん私も後詰につく」

それでもどよめきは中々収まらなかった。

「兄上は近習どもと命を懸けて戦うほかないだろう。すでに国衆たちの中には密《ひそ》かに使いを送ってきている者もいる。形勢が明らかになれば雪崩《なだれ》を打って我らに味方するはずだ」

信勝の言葉は爽やかで歯切れが良かった。末森に集まる将士たちも、ようやく納得したように頷き合っている。権六も確かにそうだと納得し、それよりも末森の主力を任されることに武者震いをしていた。

これまで信秀の将の一人として、数百人を率いることはあった。だが、千人を超える大兵力を率いるのは初めてだった。

「三郎さまの軍勢が清洲を出られました。自ら兵を率いておられるようです」

物見が報告してきたのを合図に権六も立ち上がる。

「頼んだぞ。兄上を討つは不本意ではあるが、これも尾張のためである。存分に戦ってくれ」

自らが佩《は》いていた脇差を手ずから権六に授けると、信勝は、城の一隅に築かれた物見やぐらに陣取った。

十

権六は末森城の主力や野並《のなみ》、一色《いっしき》などの七百と合わせて千の兵を率いることになった。信勝の戦いぶりは何度か見たことがあるが、死力を尽くして戦った経験は信長より少ない。それならば、まだ自分が率いた方が勝算は立ちやすい。

末森城の兵力は末端の足軽に至るまでほぼ顔がわかる。権六が指揮をとることで、ほっとした表情を浮かべている者もいた。

戦は、弓矢の交換を行ってそれぞれの勢いを見せつけることで勝敗を決するのが、最も人死にが少ない。そこで双方引かなければ力と力のぶつかり合いとなり、一気に戦は凄惨なものとなる。恐れてはいないが、それは避けたい。

物見の報告で、信長勢は清洲から出て小田井川に向けて南下していることを摑《つか》んでいた。信長が率いている兵力が少ないのが、国衆たちの与力が得られなかったからなのか、それとも城の守りを固めているからなのか判断がつかなかった。

東尾張の地勢は全て頭の中に入っている。

権六は小田井川南岸を戦場として考えていた。戦は命の取り合いであるとともに、誰がその地域で最も強いのかを知らしめる絶好の機会でもある。兵力はこちらが勝っている。

「堂々と受けて立った上で勝つ」

権六の言葉に兵たちは応と答えた。

信勝の軍勢を預かっている権六には数人の目付がつけられている。そのうちの一人が面頰《めんぽお》で顔を覆っていたが、違和感を覚えた権六が近づいて誰何《すいか》した。

「鋭いな」

と笑った男は面頰を外した。信長に攻撃されて今川氏のもとに逃げ去った坂井大膳であった。

「何の御用か」

権六は大膳のことを好んでいない。小守護と呼ばれ、尾張下四郡で権力を握ったやり口は陰湿とも見えた。

「あからさまに嫌そうな顔をするな。一軍の将がそのように嫌悪をあらわにしていたら兵がうろたえるぞ」

「戦場ではさようなことはござらん。心配ご無用」

そういえば、と思い当たる節があった。権六のもとにも一度、今川氏から手が伸びてきたことがある。その際も、信勝の力になるから取次をしてくれないか、という打診だった。

「織田家を思う心止められずでな」

「小守護に戻りたいだけでは」

「人の真心を悪しざまに申すものではない」

大膳が只者でないことはわかっているから、そのような男が自陣にいるのは気分の良いものではなかった。

「権六、小さいな。わしのような人間をうまく扱ってこそ大器というものだ」

「別に俺は大器になりたいわけではない。目の前の戦に勝てばいい。坂井どのには申し訳ないが、末森城に、いや駿河に戻ってもらえぬか」

肩をすくめた大膳は馬を返していった。

権六には与力として、姉の夫である佐久間盛次がつけられていた。

「しかし、勘十郎さまは何のおつもりかの。あのような佞人《ねいじん》を引き入れられて。取り込まれてしまえばまた乗っ取られてしまうぞ」

「そうならないように俺たちが気をつければいい」

権六は不愉快だったが、今は信長との戦いに集中しなければならなかった。

この戦では林一族も力が入っていた。だが、七百の兵を率いているのは秀貞ではなく、弟の美作守通具《みまさかのかみみちとも》であった。

「兄は合戦が苦手ですので」

言い訳するように通具は言った。秀貞も何もしていないわけではない。荒子と米野《こめの》の城を信勝側に引き入れ、信長の支配下にある那古野、清洲、熱田の間を分断した。尾張の裏も表も知り尽くしている男だけに、このような調略をやらせると一流だ。

「誰もが不安なのだ」

秀貞は不敵に言っていたものだ。ただ、その不安はこちらにもある。

「本当に三郎さまの軍勢はそれだけなのか」

権六は何度も確かめた。清洲の兵力を考えれば、少なくとも二千は動かせるはずだ。動かせないということは、やはり人心が離れている。寡兵をもって衆に当たるには、急戦しかない。

「焦りを衝く」

権六は即座に断を下した。雨が降れば小田井川の水かさが増す。軍勢に川を渡らせるには、場所が限られる。橋のかかった川などほとんどないから、渡しとして整っていなければならない。

那古野南の荒子と米野が寝返った以上、信長は北から攻めてくるはずだ。権六は名塚《なつか》の渡しの周辺が戦場になるはずと予想を絞っていく。

林美作守通具の軍勢が南から、そして権六の率いる主力が東から叩いて川に追い詰める策であった。初撃で相手が戦意を失えば、そのまま談判に移る。その手筈《てはず》は秀貞が整えているはずであった。

だが、小田井川の手前まで信長が軍を進めたのがわかったところで、天候が急変した。

激しい雨が川を荒れ狂わせ、一町先も見えない。

「これでは三郎さまも動けまい」

天候の悪い中で増水した川を渡るのは危険だ。だが、二日経って雨が上がり、権六は愕《がく》然《ぜん》とした。名塚の渡しに見慣れぬ建物が姿を現していたからだ。

簡単なものではあるが、板塀と逆茂木に囲まれた砦だ。渡しを砦で守られれば、渡渉してくるところを叩くという権六の策は潰《つい》える。そして、夜明けと共に砦から打って出た数百の軍勢が権六たちへ迫ってきた。

「矢戦をせぬつもりか……」

いきなり正面からぶつかり合えば彼我の損害は大きくなる。旗印を見ると、佐久間、前田、丹羽《にわ》、佐々《さっさ》の者たちが先頭に立っている。その中でひときわ大きな木瓜《もっこう》紋が先陣を切って突っ込んできた。

十一

「三郎さまだ」

兵たちがざわめいている。まさか信長自身が先陣を切ってくるとは思わなかったが、陣頭に立った権六はそのまさかが起きていることを知った。だが権六も慌てず下知を下す。

「所詮匹夫《ひっぷ》の勇である。三郎さまを捕えよ！」

権六は内心失望していた。将が先頭に立つなど、後先を考えぬ蛮勇である。将の覚悟は先頭に立ち、殿を守る覚悟があればいい。それを実際にやるのは君主ではなく信を措《お》く将兵である。

信勝は少なくとも自分を信じて兵を預けてくれたのだ。だとすれば、将領としての優劣はもはや明らかである。我らの安堵のために、信長にはここで表舞台から引き下がってもらわねばならない。

将の決意は兵に伝わる。信長の旗指物《はたさしもの》に動揺を見せていた者たちも今や戦意を漲らせ、攻め寄せてくる信長勢を受けても揺らがない。

馬上にあって敵を見据える権六の姿は金剛力士の如《ごと》き雄偉さで兵たちを鼓舞する。己の異相が戦場で輝くことを権六はよくわかっていた。

「かかれ」

一言発すると、下社衆を先頭に末森の軍勢が信長の馬廻衆《うままわりしゅう》を取り囲むように攻め返していく。権六の目は織田瓜《うり》の旗印だけを見ていた。あの旗が折れれば戦は終わる。

周囲の旗が次々に折れていくが、木瓜だけは風に翻り続けている。こちらの勝ちは動かない。急造の小さな砦を建てて驚かせてくれたが、やはりあの荒天では全兵力をこちらに渡すことはできなかったはずだ。

戦には「機」がある。大きな戦であるほど「機」を摑めるかどうかが勝敗を分ける。権六は絶対の自信があるわけではなかったが、おぼろげに「機」が見えることがあった。

「勝機は我らにあり！」

主将に近付くほど敵は強くなる。もはや信長を守る槍の壁は何枚も残されていないというのに、敵が総崩れになる気配はない。信長自らが鍛えた近習の槍さばきは精妙で、末森勢が次々に倒されていく。

権六はそれでも、勝機が去ったとは思わなかった。人が一人を討ち取ること、互いに殺意を以《もっ》て相対している人間を殺すのは、腕の差があっても生易しいことではない。数で押し包むのが戦の基本だ。

そのうちに、織田瓜の旗が後退を始めた。殿《しんがり》を務めるのは丹羽五郎左衛門尉《ごろうざえもんのじょう》長秀《ながひで》の一隊らしく、懸命に支えているのが見えた。ここで逃してはならない。権六は自ら手勢を率いて、信長を追おうとした。

だがその時、不思議なことが起きた。信長の旗印が忽然《こつぜん》と消えたのである。誰かに打ち取られたか捕えられたのかと確かめる間もなく、名塚から信長勢の姿が見えなくなった。殿だった丹羽の者たちもいない。

四方に物見の兵を走らせた権六は胸騒ぎを覚えた。手の中にあった「機」が気付かぬ間に零《こぼ》れ落ちたような、そんな気味の悪さだ。

「権六」

馬を寄せてきた佐久間盛次は青ざめていた。

「林美作守が討ち取られた」

「誰にだ」

「三郎さまが、手ずから……」

盛次の声は微かに震えていた。では先ほどまで、目の前に翻っていた織田瓜の旗指物は誰だったのだ。そのうちに、林の旗印を掲げた数人の兵が駆け込んできた。口々に信長勢の強さを語り、座り込んでしまう。

敵の強さを喧伝《けんでん》する者は敵に等しい。権六は彼らをすぐさま味方から遠ざけ、ただちに陣を立て直した。その際に必要なのは味方の耳に届く声である。

「追い打ちをかけるな！　戻せ！」

権六は己の声に自信があった。馬の嘶《いなな》きと男たちの喚声の中でも、声を轟《とどろ》かせて手勢をまとめられる。だが、正面から別の高い声が聞こえてきた。低く重い権六の声を打ち消すように、高く尖《とが》った声が押し寄せてくる。

「勘十郎の首根を押さえて叱りつけてやろうぞ」

怒りに満ち、鞭《むち》打つような声だ。落ち着いていた権六の手勢の腰がふわりと浮いたような気がした。追い落としたはずの信長の姿を見て、浮足立っている。権六は自ら槍を携え、馬腹を蹴った。総大将自ら戦を決する時が来た。

「林美作守は既に首となった」

馬廻の誰かがそう触れ回っているが、信長の声には遠く及ばない。だが、長槍の先に掲げられて無念の形相を浮かべている首は、信勝方を動揺させるに十分だった。

末森衆の中には既に旗を巻いて退き始めている者もいる。

信長の馬廻衆の戦いぶりを、権六は初めてその目で見た。幼く若いと思っていた者たちは勇敢で、鍛え上げられている。信勝方の名だたる侍たちが、名も知れぬ若武者たちに次々と討ち取られていった。

「機は去ったか」

権六は表情を動かさず、撤退を命じる。

「待てや権六！　主筋への逆心許されぬぞ」

信長の叱声《しっせい》がする。遠くにその姿が見えた。馬を巧みに操り、兵たちの間を駆け回って督戦している。勇敢で冷静なさまは、馬の落ち着きぶりからも見てとれた。権六は自ら殿《しんがり》に立ち、突きかかってきた数人をたちまち討ち取ると、追手が一瞬怯んだ。その隙に手勢をまとめて退却する。

「走れ走れ！　すぐさま末森に戻るぞ」

そして末森城に入るなり林秀貞に使いを送り、那古野を固めるよう求めた。だが、返信がない。那古野には信秀の妻であった土田御前が暮らしている。戦で敗北した以上、土田御前の身を信長に渡すのは危険だ。もはや刀槍をとっての戦は終わった。

十二

秀貞からの使いが来た。弟が討ち死にしたが、書状の文字にはいささかの揺らぎもない。御前が間に入るつもりでいるという内容だった。

「新五郎どの、したたかだな」

盛次が不快そうに言った。

「負けることも数の内に入れていたとみえる」

「戦は勝ちか負けしかないのだから、負けた時のことを考えて手を打っておくのは当然だろう」

「そういう権六はどうなのだ」

「負けを考えて戦などできん」

わしもそうだ、と佐久間家の勇士は笑った。信長方にも佐久間家は多くの兵を出している。どちらが勝利しても家が残るように、兄弟であっても矢を向けあうのは珍しいことではない。

「さて、わしは頭でも剃《そ》ろうかの。権六もそうするだろう？」

「そうだな……」

下社衆の顔が脳裏に浮かんだ。彼らの暮らしを安堵してもらうには、その長《おさ》たる者が敗北の責任を負わねばならない。信秀は自分に逆らった者でも、よほどのことがない限りは許してきたが、信長はそうはしないだろう、と戦いぶりを見て感じていた。

「もう少し働けたが、生かしてもらえるのなら経を読んで暮らすのも悪くない」

「そうなったら佐久間に仕えんか」

盛次は目を輝かせて誘った。

「わしは権六の戦ぶりが好きじゃ」

「下社の衆に迷惑をかけて他の家の面倒になるのは気が進まんわ」

信長は母の調停にとりあえず耳を傾けるらしい、と清洲から来た使者に確かめて戦装束を解いた。これまでもよく見知った間柄の者たちを相手に戦ったことは何度もあったが、信長との一戦は何かが違っていた。

信長の周囲を守っていたのは、顔は知っているがよくは知らない者たちだった。家の庶流であったり三男、四男であったり、当主であってもごく小身の者であったりと、付き合いが薄い者たちばかりである。

井戸で体を清めている間に、惣介が下社から替えの衣を持ってきた。

「これでよろしいのですね」

墨染の質素な僧衣だ。

「上人《しょうにん》はすんなり貸してくれたか」

「得度はしてくださる、とのこと」

苦笑して衣を合わせてみる。大柄な住職の衣は体に合った。髻《もとどり》を落とし、するすると髪を剃り落としていく。今日の戦では槍と太刀は大いに振るったが、小刀は使わずじまいだった。戦の前には自ら得心がいくまで研ぎ上げるので、よく剃れた。

「それにしても」

剃髪《ていはつ》の様子を見つめていた惣介はため息をついた。

「三郎さまは意外なほどにお強かった」

手を止めず権六は頷いた。

兵はこちらの方が多かった。岸辺に小砦を作られてしまったとはいえ、それでもこちらの優位は動かなかった。人心が離れ、不利だとわかっていて、無謀とも思える突進を仕掛けてきたのか。

権六は手を止めた。

「違う……」

七百しか動かせなかったのではない。選《え》りすぐりの七百だったのだ。何年もかけて共に尾張の国中を駆け回り、水につかり、泥にまみれた若者たちが弱いはずがない。

権六たちが安堵と静謐を求めたのに対し、彼らには守るべき土地はないか、あっても小さい。信長が強勢であることが、彼らの栄華に繋《つな》がるのだ。戦機は勝っていたかもしれないが、戦意で劣っていた。

己の中で納得がいくと、権六はむしろ晴れ晴れした思いだった。清洲で信長がどのような断を下すかわからない。主君への反逆だからと首を落とされても仕方がない。ただ、先君から託された信勝だけは何とか無事でいられるよう力を尽くす。それだけを考えていた。

城の広間には、信長からの使者である村井長門守貞勝《むらいながとのかみさだかつ》が端然と座っている。信勝は上座にいるものの、権六と同じく僧衣を着せられてむっつりと黙っていた。

「村井どの」

権六が声を掛けると、貞勝と隣り合うように座っていた林秀貞が先に頷いた。

「御前さまの肝煎りで此度の事の由を弁ずるを許された」

「さようか」

権六は信勝に一礼して腰を下ろそうとした。だが、信勝が鋭い声を発した。

「私に何か申すことがあろう」

そういえば帰陣の報告をしていなかった、と戦の様子を話した。信勝が舌打ちと共に扇子を投げつけてきたのを受け止める。

「お前を信用して兵を預けたのは失敗だった」

皆のいる前で信勝は言い放つ。権六は思わず、信勝に向けて一歩前に踏み出していた。

その袖を秀貞が摑んで止める。権六は何も言わず座り、瞑目《めいもく》した。

第三章　美濃の麒麟児

一

体毛の濃い権六は、頭を綺麗《きれい》に剃り上げてもつるりとした感触にはならない。猪《いのしし》の皮のような荒い手触りは残る。その手触りと同じものが心の中に広がっていた。

清洲の城は以前織田信広《のぶひろ》が城主としていた頃とまるで空気が違っていた。田舎の大家のような雑然とした雰囲気だったものが、城の中はピンと張り詰めた空気に満たされ、床板の木目が浮かび上がるほどに磨き上げられていた。

小者に至るまで、きびきびと働いているのを見ながら、同じ城でも主が代わるとこれほど違うものかと権六は驚いていた。

これから自分は裁きを受ける。理由はどうあれ、主筋に刃を向けたことには変わりない。どのような裁きが下されるか、林秀貞は楽観的に考えていた。

「権六は談判しておいたか」

「誰に談判するのです」

「三郎さまが信を措いておられる者たちだ」

「連枝衆や佐久間どのか？」

わかっとらんな、と秀貞は首を振った。

「近習どもさ。代々直臣として仕えている津島衆だけでなく。三郎さまのお側近くに働く者ほぼ全てに手を回した」

大名どうしの交渉には取次がいるし、家内でも何事かとりなしを頼む時には重臣に頼むのが普通だ。権六も東尾張と三河の境の土豪や国人たちと信勝の間を結ぶ取次が主な務めとなっている。だが、命を拾うために秀貞のように立ち回ることはしなかった。

「位や貫高は三郎さまの場合あまり関係ないぞ。それより、どれだけ寵愛されているかが大切だ。三郎さまと小姓たちは衆道《しゅどう》で結ばれているようだからな。わしも若くて見目よければ」

秀貞はため息をついた。

「これまでに三郎さまの敵となった者にも、敗北を認めればそれ以上の処罰はなさらなかった。よほどのことがない限り重い罰は受けないだろう」

権六も一応は親しい国人衆に使いを送り、なんとか穏便に済ませてもらうよう手を打ってはいた。しかし、相身互《あいみたが》いの国人衆たちも、信長がどのような裁きを下すか判断がつきかねる様子であった。

大書院とも呼ばれる広間は、普段であれば客を応接したり国内の大事を諸将と談義するために使われる。だが今日は、裁く者と裁かれる者に分けられて座していた。

尾張の主だった者が居並んでいるが、権六たちにあからさまな敵意を向ける者は少ない。隣り合って暮らす国衆たちは諍いもするが、互いの心情はよくわかっている。

信長の側についた将士たちは、佐久間信盛や連枝衆の織田一族を除いては、前田利家、森可成《もりよしなり》、丹羽長秀といった若者たちが多い。信長は重臣たちに声を掛けることはほとんどなく、何かと若衆を呼んでは指示を下していた。

やがて、土田御前が末森から来訪したのを合図に、評定《ひょうじょう》が始まった。信勝は権六と同じく髪を剃り、墨染の衣をまとっている。

「勘十郎」

信長の視線は鋭いが、言葉はあくまで穏やかであった。ただ、ひしひしと周囲から押しつぶしてくるような圧を感じる。それは信長一人の迫力というわけではない。

大書院は城の守りの要《かなめ》である。正門から入って曲がりくねった虎口《こぐち》を抜け、さらに分厚い衝立《ついたて》を越えて狭い廊下に面するように作られている。

数十人の将士が一堂に会しているから障子は全て開け放たれているが、庭には権六も見たことがない若者が多数控えている。彼らこそがあからさまな敵意を権六たちに向けていた。信長が新たに召し抱えた近侍たちだろうと権六は考えた。

「わしは前にも申したな。存念があるならじかに申せと」

信長はすっきりと背筋を伸ばし、弟から視線を外さない。信勝はわずかに目を伏せ冷静さを保っているが、首のあたりがわずかに紅潮していた。

「私は尾張の安寧だけを考えておりました」

「乱を起こしておいて安寧はなかろう」

「それは私の本意ではありません」

信勝の言葉に広間がざわめいた。

「本意ではないのに兵を挙げるのか？」

「尾張の先行きにもの申したいとは思っておりました。兄上は美濃斎藤の後ろ盾を得たのをよいことに、大和守家や守護家を次々と下し、権勢を奪い取っている。弾正忠家が強勢になるのは喜ぶべきことなれど、兄上は素性の知れぬ者たちを周囲に集め、連枝、譜代の者たちを軽く見ている」

信長は黙って聞いている。怒りをあらわにするわけでもなく静かに聞いているが、その顔を見て権六はぞっとした。瞳に色がない。玻璃《はり》のように透明で濁りがない美しい瞳とも言うべきものだが、人の眼窩《がんか》に玻璃が嵌《は》め込まれたような異様さを感じさせた。

「譜代の者を軽く見ている、か」

一度扇を鳴らし、信長はため息をついた。

「古くから我らに与力してくれている者たちには、既に知行がある。新たに仕えてくれた者たちにはそれぞれの働きに報いねばならない。決して軽く見ているわけではない」

「知行を与えるために大和守家を滅ぼし、斯波氏の力を奪ったというわけですか」

「大和守は坂井大膳に操られ、守護代としての責を果たすことができなくなっていた。守護代を支える三奉行の一人として、正しき道へ戻さねばならない。そのためには、年若く侮られがちなわしは自らの力を示す必要があった」

信長の言葉は明快で、座を納得させる力があった。

「侮る者には報いを与えねばならない」

信勝の態度は決して恭順なものとは言えなかった。弟を殺せまい、と侮っているような気配を敢《あ》えて出していた。侮る者は許さぬ、と言明している勝者に対するその態度は死を望むようなものだ。

「勘十郎さま」

「権六は黙っておれ」

冷静さを失っては、折角拾った命も失うことになる。

「そもそもは」

信勝は言い出した。

「末森の者たちの願いがあってのこと」

「ほう」

信長は目を細めた。

「与力している者たちの不安を受けて立ったまで」

「勘十郎はあくまでも人々の意を受けたというわけだな……権六、いかがか」

難しいところを問われた、と渋い顔になりそうなところをこらえた。ここで信勝が率先して兵を挙げたと言えば、信勝は罰せられるだろう。そして自分たち国人衆や土豪たちが信勝を担いだとなれば、累代の土地が失われてしまう。

権六はしばし瞑目した。

信長の玻璃の瞳がこちらを見つめている。信秀の葬儀の時も、荒くれた様子ではあったが瞳は怜悧《れいり》なままだった。答えを間違ってはいけないし、正しい答えを求められている。

だが、答えは出ない。苛立たし気に脇息《きょうそく》を扇で打つ音が広間に響いた。

平静さを保っているが、信長は怒っている。信勝はまだ気づいていないのか、懸命に許しを請おうとしない。もどかしいが、自分の役割は信秀に託された若君と、そして下社の者たちの暮らしを守ることだ。

「此度のこと……」

と言いかけて、引っかかりを覚えた。戦の不手際を責める信勝の表情を思い出してしまったからだ。だが、命を懸けて守らねば、と自分に言い聞かせて詫びを述べる。

「権六、罪を認めるか」

「乱はもとより望まぬところ。しかし皆の安堵を得るために、三郎さまを除かねばなりませんでした」

一度腹を括《くく》ってしまえば、恐れは心から消えていた。ここは戦場なのだ。もはや勝敗は決している。あとはどう戦い、どう死ぬかだけだ。

「……敗れた上にそのような口をきくか」

勝者の白皙が紅に染まり始めている。

「敗れてもこのような場を設けてくださるのは、三郎さまに兵を挙げた者たちの心を掬《きく》するお気持ちがあるからと思い、ここに開陳いたしました」

「わしが聞きたいのは、お前たちがいかに罪を悔い、尾張国中に乱を起こしたことの非を認めるかという言葉だ。乱を起こした者たちがいかに考えようと気にはせぬ」

「それでも、我が言葉は三郎さまに届き、皆の安堵に繫がるでしょう。罪を悔いる言葉を聞きたいと申されるなら、この一戦で本意を遂げられなかった武人としての至らなさを悔いましょう。勘十郎さまは私なしでは満足に兵を率いることはできませぬが、故事に通じて民や侍たちの心を摑んでおられます。何卒《なにとぞ》ご寛恕《かんじょ》のほどを」

権六の思い切った言葉に、広間は再びざわめいた。

「それを決めるのはわしだが、勘十郎は将としては無能で吏としては使えるとの見立て、なかなかによい。だが、誰が率いておろうと末森の兵を動かす命を下したのは勘十郎にほかならぬ。わしは尾張を一統し、二度と乱れることのないようにする責がある。よって勘十郎は……」

言いかけた時、廊下で悲鳴に似た叫び声がした。

二

廊下の板を踏み鳴らす激しい音がした。

清洲の廊下は敵兵が入ってきてもすぐにわかるよう、人が乗ると軋《きし》むようにできている。人が暴れ回ればそれだけ物音も激しくなるが、足音の全てをかき消すかのような叫び声を伴っていた。侍女たちが止める声とそれに抗《あらが》うような甲高い声だ。

開け放たれた廊下ではその正体が明らかになっている。信長は実母が取り乱していても、全く表情を動かさなかった。

「母上を落ち着かせ奥へお通しせよ」

そう左右に命じた声を、土田御前の叱責が上回った。

「三郎どの、この戦に咎人《とがにん》がいるなら、それは勘十郎でも権六でもない。この私です」

君主の母の言葉は軽いものではない。

土田御前の叫びを信長がどう受けるか、権六は固唾《かたず》をのんで見ていた。それは他の国衆や重臣たちも同じであった。

戦に勝った以上、信長には多くを決する権利が与えられている。だがそれは、好き放題やってよいという意味ではない。

勝ち負け双方の存在を天秤《てんびん》にかけ、なるべく後々に恨みを残さぬようにせねば、また同じような乱が起きてしまう。

「承りました」

信長は瞳に何の感情も浮かべず頷いた。

「お言葉は確かに承りましたので、母上は奥でお休みください」

だが御前は容易にそこから動こうとはしなかった。

「奥で私を殺すならここで首をはねなさい」

「わしは母上に刃を向ける気もなければ、ましてや謀殺しようなどと考えたこともありません。我らは等しく母上から生まれてきました。だが、勘十郎をただ許せば四方に示しがつかない。そこはお察しください」

土田御前は立ち上がると、平伏して俯いている信勝の頬を一つ叩いた。

「何をしているのです。勝者には勝者の、敗者には敗者の作法がある。そなたは偉大な父を見てそれを学ばなかったのですか。作法を知らねば三郎どのの令弟として生きる資格はありません！」

母の言葉はさすがに信勝の心にも響いたらしく、床に頭を打ち付ける勢いで平伏した。

「尾張のことを考えての行いとはいえ、私のしたことは賊そのものです。これより先、仏門に入って罪を謝し、ただひたすらに織田弾正忠家の繁栄を祈って日々を過ごします」

信長は扇を一度鳴らした。

「母上の言葉がなければその思いに至らなかったのは愚かである。此度のこと、責は林新五郎、柴田権六両名にあると厳しく叱りおく。追って沙汰があるまでは表立ったことをせず、己を慎んでおれ」

言い終えると次に権六に目を向けた。

「お前は父の信も厚く、勘十郎を任されながら正しき道を示すことができなかった。弟の側《そば》にいてはまた道を誤らせることになるやも知れぬ。今後のことをよく思案せよ。次に誤れば許さぬ」

続いて罰を言い渡されるのかと思っていたら話はそこまでだった。

「各々静かに己の身代を守れ」

信長はそう言い渡すと大書院から去った。

三

しんとして誰も口を開かず、信勝は信長が去るまで平伏したままだった。信勝は母に向かって目礼して立ち上がると、大広間から去っていった。

それを見て、権六の胸の内には釈然としないものが再び広がった。結局信勝からは、自分をもり立て命を張って戦ってくれた者たちに対して一言もなかった。だが気にすべきことは他にもあった。

「向後いかように振る舞われるか」

大書院から下がった権六を呼んだのは、河尻与兵衛秀隆《かわじりよへえひでたか》だ。信長側近で戦場にあってはその意を全軍に伝える精鋭、黒母衣《くろほろ》衆の筆頭である。見目美しき者が多い信長の近習の中で、例外なほどに武骨で角張った顔をしている。

「俺がいては勘十郎さまが道を誤られると三郎さまは憂えておられる。下社と末森はあまりに近く、このままでは三郎さまの憂いを晴らすことはできまい。しばらく下社を離れようかと思う」

権六は慎重に答えた。

「だが柴田どのは信秀さまに勘十郎さまを託されている。その務めを捨てられるのか」

「そうではない。託されたということは、勘十郎さまが弾正忠家を支える連枝の一人として独り立ちされるのをお助けするということ。お側にいるかどうかではない」

「そのお言葉、柴田どのの本心と考えてよろしいか」

「無論だ」

その数日後、下社城には清洲から目付が送られてきた。

滝川彦右衛門《たきがわひこえもん》一益《かずます》という若い男で、やはり権六の知らない顔であった。信長の周辺にはそのような若者が数多くいる。

「柴田どのがしばし城を留守にされると聞き、殿は下社衆の心を安んじることを第一にお考えになり、私を遣わされました」

無口な男だが、手際良く信長からの安堵状に添書きして人々へと授けていく。細々とした内情までよく知っている。出自を聞いてもほとんど答えないが、北伊勢から来たことだけは教えてくれた。

「あのあたりには忍び働きの類が多いと聞きますが、滝川どのもそうなのでしょうか」

惣介は辟易《へきえき》したように言った。

「滝川彦右衛門という若者、下社の事情に詳しすぎる。この戦の前から嗅ぎ回っていたと考えた方が良さそうです」

「事情を知っている者の方がうまくやってくれるだろう」

さて、と権六は立ち上がった。

「権六さま、どちらへ？」

「今後のことをよく思案しようと思う。お筆をつれて伊勢に参ってから、京でも見物してこようかと」

「俺も行きます」

「惣介は下社にいてくれ。お前がいてくれれば安心だ」

「そうかもしれませんが、俺が下社に来たのは権六さまがおられるからです。権六さまがいないこの城にいても意味はありません」

「そのようなことを申すな」

権六は重ねて頼み込んだ。

「この城は、本来家督を継ぐべきでない俺が、信秀さまからいただいたものだ。この城に関わる全ての者が安堵のうちに暮らせるようにすることだけが、俺の役割なのだ。城に俺がいて三郎さまに疑念の目を持たれるのであれば、しばらく流浪の旅にでも出てそのお怒りが解けるのを待とうと思う」

ひと月ほどして城の諸々を彦右衛門に引き渡すと、権六は城の主だった者を集めた。

「俺は三郎さまのお許しをいただけるまで城を去る。これある滝川彦右衛門どののお指図に従い、それぞれの務めを果たし、織田家をお支えして平穏な日々を守ってくれ」

「権六はどうする」

　末森から見届け人として来ていた佐久間盛重が訊ねた。

「しばらく托鉢《たくはつ》の旅に出る。この通りつむりも剃ったし。彦右衛門どの、あとはよろしく頼みます」

　権六が丁重に頭を下げると、彦右衛門は承った、と静かに応じた。

「下社の方々の弾正忠家への忠節、もとより殿も重々ご承知だ。権六どのは将としての責めを負われるが、その責めが下々に及ぶことはないと殿もはっきりおおせられておる。心安く日々を送っていただきたい」

　これだけはっきりと下社衆に言ってもらえば安心だ。既に持てる銭金の全ては稲生《いのう》の合戦で懸命に働いてくれた者たちに分け与えてある。連れは痩せ馬一頭のみだ。お筆も一緒に、とも考えていたが、坊主が女連れも体面が悪かろうと思い直した。

　だが、旅支度を終えて城から出ると、一人の尼僧が立っていた。

「どうした、その姿」

「私も得度していただきました」

「しかし、髪をおろせば……」

　傷だらけの顔があらわになってしまう。笠をかぶってはいるが、いずれは脱がなければならない。

「権六さまとご一緒できるなら」

形の良いくちびるを和らげて微笑《ほほえ》んだ。

「……そうか。ではまいろう」

実際、お筆が共に行くことで安堵してもいた。

「危ういところはあるが、三郎さまの強さがあれば尾張も当面平穏であろうよ」

「どちらに向かわれますか」

「足の向くまま進むことにしよう」

権六は荷物を自ら背負い、お筆を痩せ馬の鞍《くら》に乗せた。

四

権六は近江までは行ったことがあるが、京を見たことがない。

一介の土豪でしかない彼にとって、京は別世界のごとき存在であった。もちろん、天皇の御所があり、将軍足利《あしかが》家が日本の武家を束ねているのは知っている。

その威光はかつては盛んなものであったらしいが、信秀の寄進に大喜びしたところを見てもわかるとおり、弱まっているのだろう。それでも、花の都と呼ばれる華やかなさまを、一度この目で見てみたいと願っていた。

「旅立ちの前に興趣をそぐようなことを申しますが、今の京は権六さまが思われるような華やかな場所ではないかもしれません」

「お筆は京のことを知っておるのか」

「幼い頃一度だけまいったことがあります」

やはりこの娘はどこか高貴な家の出なのかもしれないと権六は思った。

「応仁《おうにん》の大乱で都は荒れ果てました。帝《みかど》が住まう御所も破《や》れ寺《でら》のようになってしまったものです」

「信秀さまは京からの使者を実に丁重に扱われていた」

「都の方は信秀さまの財をあてにしておりましたし、信秀さまは朝廷が持つ位階という栄誉を拝することができます。互いに求めあっていることが同じだから、取引が成り立つのです」

権六はそれなりに読み書きもできるが、歌を詠んだり書を嗜《たしな》むような教養はない。信秀が京から招いた貴族たちの雅《みやび》なさまを見ると、何か別世界から来た貴人のように思われる。

「そんなことはありません。己の富と色を欲する、私たちと同じ生身の人です」

お筆の声に冷たいものが混じった。

「位の高い低いと人の善し悪しに関わりはありませんし、京に貴人が多く住まうからといって、善き場所とは限りません」

「しかし、お筆が京を見てからもう何年も経っておるのだろう？　数年あれば様子も変わる。さらに荒れているのかもしれぬし、また華やかさが戻っているかもしれぬ。尾張もここ数年で大きく変わった。京も変わるだろう」

「余計なことを申しました」

お筆は恥ずかしそうに顔を伏せた。

「いや、かまわぬ。お筆は都にいい思い出がないのだな」

「わざわざ権六さまとまいることもないような気がして」

「一度見た者はそう思うのかもしれんが、俺のような田舎者はどのような姿であっても初めて見る地は心が躍るものだ」

ここ数年感じたことのない、穏やかな時間だった。信長が弟の謀叛《むほん》を鮮やかに抑えきったことで、尾張の人心が穏やかになっているのが見てとれる。これまで乱れていた尾張下四郡がようやく一つになった。

「これまでは何も変わらぬことがよいのかと思っていたが……」

守護家の斯波氏が形だけでも君臨し、守護代、三奉行がそれぞれの枠を壊すことなく小競り合いを繰り返しているのが常の形で、守るべきものだと信じ込んでいた。

濃尾平野には木曽、庄内、長良といった大河と、そこから枝分かれした無数の細流が海へと向かって流れ、その潤いによって広く水田が拓かれている。

だが、あまりに海が近く平坦でありすぎることで、水につかったり潮にさらされるため、最良とは言えない田が多かった。丘陵地にあれば今度は水が足りなくなる。稲は多くの命を養うことができるが、また難しい作物であった。

尾張から京への街道は、大きく分けて、美濃に入って大垣《おおがき》、関が原へと通じる道と、北伊勢に入って四日市《よっかいち》、大津《おおつ》を経由する道がある。

「下社城を預かった滝川彦右衛門は北伊勢の出だと聞いたことがあるが」

尾張の人々にとって北伊勢は身近な場所だ。津島をはじめとする港から多くの船が伊勢湾を横断して伊勢へと向かっている。

「伊勢は一向宗が幅を利かせているらしいな」

「長島《ながしま》に大きなお寺があると聞きます」

門徒、と呼ばれる本願寺の信者は全国に無数にいた。ただ念仏を唱えることで極楽往生が約束されるというその教義は、貧しい者たちだけではなく武士の間にも広まっていた。

尾張にももちろん多くいたが、特に隣国の伊勢と三河で強い勢力を持つに至っていた。越前では守護たちが追い落とされて「百姓の持てる国」になったという。

「恐ろしい世の中だ」

「でも、信秀さまと三郎さまの身の立てられ方を見れば、昔の人は恐ろしい世の中と震えたことでしょう」

そうだな、と権六は微笑んだ。思い返してみれば、権六自身も下社の城の主に取り立てられ、信秀に従って数十戦交え、織田家の若君の後見となって跡目を争うまでに至った。

「人は明日どうなるかわからぬ。だからこそ不変の教えを求めるのかもしれんな」

「変わらぬことを願う者が多いように、変わることを願う者もまた多いのです。そういった者たちが数を増した時、世は乱れます」

お筆はどちらを望んでいるのだろう、とふと気になった。美しい顔の半分に消すことのできぬ傷をつけた者たちがのさばっているような世を、どうしたいと願っているのだろう。

権六はお筆に船旅をさせてやろうと熱田へ向かおうとした。だが、港で便を探しているところで、一人の男が近付いてきた。

五

「柴田どの、お久しぶりです」

笠を外して頭を下げたのは、今川の重臣、朝比奈泰能であった。

「今度はどなたを誘いにこられたのですかな」

「貴殿以外におりませぬ」

尾張と遠江の間でも船の往来はある。

「私は三郎さまに暇を出され、下社城は別の者が預かっております。もう何の力もござらん」

「いえ、柴田どの自身が必要なのです。我が殿は稲生での働きをいたく称《たた》えておられます」

「負け戦でしたが……」

「戦いに勝敗はつきものであり、戦うからには勝たねばなりません。ですが、敗北の中で己を失わず、手勢に無駄な人死にを出さぬ采配ぶりはあっぱれなものでした」

やはり今川からの細作《さいさく》が戦場を見ていた。隣国で跡目争いがあれば様子を探るのは当然のことで、驚きはなかった。ただ、あの戦いを見て自分に誘いをかけてくるのは意外でもあった。

「柴田どのは己の働きに誇りを持たれたほうがよろしいぞ」

泰能は呆れたように言った。

「誇りはあるが、このように一兵も動かせぬ武人となっては」

「我が殿は東海三国合わせて十万の兵は動かせましょう。織田勘十郎どのが柴田どのに手勢のほとんどを任せたように、我が殿も柴田どのを万人の将にするでしょう」

「熱心なお誘いまことにありがたいことながら、今は今川家にお仕えする気持ちはございません。私は命を許されて髪を剃り、托鉢の旅に出ております」

「そうそうたやすく執着から解き放たれるものでもありますまい」

　泰能は目を細めた。

「良き武人たるもの、機を見るに敏でなければなりませんぞ」

「尾張下四郡の主となった三郎さまは、駿河守さまに勝るとも劣らぬ将才の持ち主でございます。先君から大恩を受け、さらに今の当主から裁きを受けている身なれば、そうやすやすと鞍替えをすることなどできませぬ。これ以上のお誘いはご無用に願います」

　ここできっちり断っておかないと、下社の者たちが迷惑を被るのではないか。権六はそれを恐れていた。

　一度信勝に背かれたことで、信長の疑念は末森城から東一帯に対して向けられている。自分が剃髪し城を去ることで何とか保たれている平穏を、ここで壊したくはなかった。泰能も権六の表情を見てそれ以上深く関わることなく、一礼して船の方に戻っていった。

六

「船出を前に気を削《そ》がれた」

　権六がお筆にこぼすと、

「道を変えましょう。門出の躓きには方違《かたたが》えをするのがよいかと」

そう慰めてくれた。

「東海道を通って美濃経由でまいろうか」

「私のことを気になさる必要はありません。権六さまの進みたいようになさってください」

熱田から北へ上がり、那古野の賑《にぎ》わいを越えてさらに美濃へと近づいていく。美濃斎藤家は、義龍が死んだ父の道三から国主の地位を受け継いでいる。道三は娘を信長に嫁がせたが、義龍と信長は対立している。

信長が一気に信勝を押さえ込んだ背景には、あまり時間をかければ背後を義龍に脅《おびや》かされるという心配もあった。

美濃との国境を越えたあたりで、急に馬の歩みが遅くなった。日が暮れた街道をゆくのは、自ら死を求めているようなものだ。

ともかく宿のある街まで出なければならない。だがお筆は全く恐れる気配もなかった。

「馬も腹をすかしていては進むのが億劫《おっくう》でしょう。ゆるりと行けばよいではありませんか。権六さまといれば悪党が出ても怖くありません」

「怖くないと言うが、今の俺が持っているのは野太刀一本だけだぞ」

お筆は笑って馬の腹を指差した。覗《のぞ》き込《こ》んでみると、一本の継ぎ槍が結わえつけてある。

「お筆は用意がいいな」

「いえ、これは惣介さまが。権六さまに槍を持たせておけば何が起きても大丈夫だ、と。そう笑っておいでででした」

「余計なことを」

だが、その気遣いが嬉しくもあった。

西へと向かうと、尾張と美濃の境へと近付いていく。木曽川は両国を画すように西に進み、海東郡《かいとう》のあたりで南へと向きを変える。

水が豊かではあるが無数の支流が大地を切り分け、耕作に向いているとは言えない。国境のあたりには辺境の寂しさが漂っていた。流れを一つ越えると土を盛った輪中《わじゅう》のうちにわずかな耕地があったり、貝とりの小舟が繋がれ、潮風に揺れていたりする。

「血の気の多そうな人たちが……」

お筆が指差す先に、男たちが数十人ずつ睨み合っているのが見えた。

国に境があるように、川暮らしの者たちの間にも厳然たる境が存在する。境が争いの場になるのは見慣れた風景だが、野伏たちの小競り合いに出くわすのは初めてのことだった。皆、下社衆よりも粗末な具足姿だが、どれも長年使い込んだ頑丈さが見て取れた。睨み合いの最中に通りかかってしまったらしい。

野伏が街道を塞《ふさ》いで刃《やいば》を向け合っているのは只事ではない。

尾張と美濃に限らず、二つの勢力がせめぎ合う地の人々は双方に属して身の安全をはかろうとする。だが、両属であることで時に村自体がより強い力で自検断（判断）せねばならず、結果としてより強い野伏となって跋扈《ばっこ》することにもなった。

権六も下社の主であった時には、使者を送ったり荷を送ったりする際には、通り道の主だった勢力にはあらかじめ挨拶状を通しておくことがあった。だが、今回の旅は下社城主としての公《おおやけ》の道行きではない。

「これはどうしようもない。無用な諍いに巻き込まれるのもつまらぬ話だ」

お筆は笠の下からじっと双方が罵《のの》り合うのを見つめている。彼女を救い出したのは、ちょうどああいった連中からだった。

野武士、野伏といった者の多くは匪賊《ひぞく》として日々を過ごしているわけではない。それぞれの村では耕すべき田畑を持ち、切り出す木材を蓄えた山を養っている。だが彼らは戦になれば兵となって誰よりも血を見る立場にある。

物事の多くは村の利になるかどうかによって決められた。有力者の後ろ盾をなくして逃亡の旅を行う貴人は法外の者であり、殺すも奪うも生かすも村の者たちの考え一つだった。

当然、ある村の「法」は別の村の「法外」であり、談判ならぬ時には戦となるのは武人と変わらない。百姓たちは武人たちの尖兵《せんぺい》となって戦うのが常であり、村の健児たちは戦となればそのまま一隊となって敵にぶつかるのだ。

睨み合う男たちのうち、片方は寄せ集めのようであったが、もう一方には旗を掲げている者もいた。

「場所からすると……蜂須賀《はちすか》党の内輪揉めか。稲葉山へ向かう道も諦めた方がいいな」

権六はため息をついた。だが、お筆はそれでもじっと諍いを見つめたままだ。

「童が一人、吊るされています」

確かに一方の先頭に、縛られた小さな人影があった。

七

「いや……童ではない」

目を凝らした権六は、馬の首にぶら下げられている小さな影に、貧相ながら鬚が生えているのを見て取った。あまりに貧相なので老人かと思ったが、縛《いまし》めに抗おうとする姿は力強い。

「おみゃあらは！」

男は素っ頓狂な声で叫んだ。権六の知る甲高い声の持ち主は信長だが、また趣の違う高い声だ。吊るされて今にも殺されようかという危急の時なのに、思わず笑ってしまうような剽軽《ひょうきん》さがあった。

「目先の利にとらわれて大きな栄達を逃そうとしているのだぞ」

「何をぬかすか」

吊るしている一団の棟梁《とうりょう》らしき男がその横っ面を張った。

「清洲の織田弾正忠家が川筋を束ねるなど、聞いたことがないぞ」

「慌てるなこの慮外者が。わしの言う通りにしておけば栄達も自在になったというのに、欲をかくからうまくいかんのだ」

鼠のような顔だ、と権六は遠目で見ていた。猫の爪にかかった鼠のような顔と声をしているのに、どこか偉そうで滑稽《こっけい》だった。

鼠男を吊るしている男たちは粗末な具足姿ではあるが、権六の下社衆と同じ程度には手入れされている。美濃稲葉山への道筋は、北へまっすぐ行けばさほど遠くはない。だが木曽川の本流とそこから無数に枝分かれしている支流を越えていかねばならないため、道筋は限られる。

海東の三宅《みやけ》川と日光《にっこう》川が合流するあたりは流れも緩やかで、川を上下する船の港になっていた。港には当然国人や土豪たちが集まり利権をめぐって陰に陽に争っている。

頭目の男に見覚えがあった。蜂須賀小六正勝《ころくまさかつ》といえば海東蜂須賀郷を根城にした国人衆の一人で、斎藤道三に従っていたと聞いている。蜂須賀家も木曽川の水運から富を得ているはずだったが、その割には格好がみすぼらしい。

「織田弾正忠家に潜り込んで才覚を認められ、川筋の束ねを命じられたなどと虚言を並べおって。取次をするからそれなりの金を払えとは笑わせるわ」

「人を動かすにはそれなりのものがいるだろうが」

「その金で動かしたのがこの童どもか」

蜂須賀党の連中に勇ましくも向き合っているのは、落ちぶれた国人よりもさらに貧相な若者たちであった。

「もともと織田家に口ききしてやったのはわしだというのに、いつの間にか清洲に取り入りおって」

「小六どのは道三公の覚えがめでたかったからよいではないか。こうしてわしを縛り上げずともよかろう」

鼠男は懸命に言い立てる。

「清洲の三郎さまのお言葉に従っておけ。わしは美濃、駿河と回ってこれはという男どもを見てきたが、三郎さまは別格じゃ」

その時、一つの礫《つぶて》が蜂須賀の棟梁めがけて飛んだ。鼠男とののしり合いつつも、棟梁はすっと体を傾けただけで避《よ》ける。

「おい猿、童どもにふざけるのもいい加減にしろと言え。川筋のことは俺たちの父祖から何代にもわたって、争いが起きないように心を砕いてきたのだ」

けけけ、と猿と呼ばれた男は笑った。

「小六どのは昨今の尾張の様を見ていないのか。その大きな眼は節穴か」

「やかましい。口もうまく聡《さと》いのかもしれんが、己の好きなようにことを進めるやつに碌《ろく》な者はおらん。ここでお前を始末せねば川筋の平穏は保てない。悪く思うなよ」

蜂須賀小六は太刀を抜いた。すると、さらに怯えてがなり立てるかと思われた猿はぴたりと動きを止めた。

「悲しいことだ。尾張海東にその人ありと知られた蜂須賀小六が、小さな欲にとらわれて大きな利と栄達を捨てようとしておる。ああ嘆かわしい。名を小六ではなく小欲に変えたらどうじゃ」

猿の声は芝居がかって軽いが、どこか人を惹《ひ》きつける奇妙な抑揚を伴っていた。小六の手下たちも思わず笑っていた。ただ一人、小六は笑っていない。

「これ以上戯言《ざれごと》は許さん」

刃の白光が街道に閃《ひらめ》いた。

「権六さま」

お筆の声に切迫したものが加わった。

「あの者を助けたいのか」

「たとえ小者であっても、三郎さまにお仕えする者の命を奪ったとあっては、川筋の者たちに災いが及びましょう」

確かに、信長は新たに仕えた者を粗略には扱わない。鼠男も、権六はこれまで見たことがなかった。さらに小六は、信長の義父にあたる斎藤道三に長く従っていた男だ。

「余計な諍いが起きるのは好ましくないな」

権六は頷き、すぐさま坂道を駆け下った。体の大きな武人が猛然と近づいてくるのを見て、双方驚いて動きを止めた。

「下社の柴田権六だ」

名乗ると、小六はちっと舌打ちした。

「柴田どのは川筋には関係なかろう」

「もちろん何か手出し口出しをしようと出しゃばってきたわけではない」

小六を刺激せぬよう、これまでの経緯《いきさつ》を話した。

「川筋のことは川筋の者たちに任せるというのが先君のお考えだ。そこの者、名は……」

「猿だ。猿でいいこんなやつ」

小六は憎々し気にそう言いつつ、手ずから縛めを解いて地面に下ろしてやっていた。二人は元々付き合いがありそうで、殺されるのではと危惧した割には鼠男も親しげに小六に話しかけ、小六も苦笑を浮かべてそれに応じている。

「わしは木下藤吉郎《きのしたとうきちろう》と申します」

ぱっと身を翻して平伏した男に、権六は一瞬虚を衝かれた。先ほどまで見苦しいほどに喚《わめ》いていた小者の気配は消え、いっぱしの武人のように振る舞ったからだ。

八

顔も体も貧相だが、蜂須賀党の棟梁に対しても怖《お》じる様子はない。そして権六に対しても、

「権六さまの武者ぶり、かねてから仰ぎ見ておりました」

などと親しげに話しかけてくる。世辞を言っているようだがあからさまにへつらっているというわけでもなく、戦いぶりなどを問われれば思わず懇切に答えたくなってしまう真《しん》摯《し》さがあった。だが、どう見ても鼠か子猿のような奇妙な顔をしている。

「柴田どのと藤吉郎が並んで歩いていると、まるで仁王と小鬼だな」

後ろを行く小六が感心したように言った。墨染の僧衣を纏《まと》って錫杖《しゃくじょう》をつきつつ闊歩《かっぽ》する権六は藤吉郎を見下ろし、

「何を揉めていたのだ」

と訊ねた。

「わしは愛知郡中村郷生まれの貧しい百姓でございました」

「そこから話すのか」

「権六さまとここで出会えたのは何かのご縁。出自卑しいわしは自慢するようなご先祖もなければ誇るべき知行地もございません。誇るべきはただ一つ、このわし自身のみでございますれば」

藤吉郎の身の上話は、蜂須賀郷の屋敷までのちょうどよい退屈しのぎになった。中村郷の大人百姓ですらない極貧の小作農の家に生まれたくせに、

「わしを身籠った時、母は日吉《ひよし》の大神が腹に宿るのを感じたそうで。わしには日吉大社がついておるのです」

などと大真面目《おおまじめ》に言うものだから、小六はふきだした。

「お前、会う人会う人皆にそのほら話をしているな」

「小六どの、お主は二つ間違えておる。ほら話ではないし、これはと思う方にしか話しておらん」

「もしや三郎さまにもしておるのではなかろうな」

「もちろんしておる。途中で殴られたけどな」

けけけ、と愉快そうに笑った。神の魂を宿すと言い張る藤吉郎は、自分は貧農の子で終わる人物ではないと一念発起し、故郷を後にしたという。

「駿河にも足を向けたのですが」

渋い顔になって首を振った。

「あそこはだめです」

「駿遠の今川公は東海一の大身だ。駿府《すんぷ》なぞ目のくらむような賑わいであったことだろう」

「夕陽の美しさです。沈む前の光は美しいが、その先は闇……」

藤吉郎は珍しい形容をした。

「そうかのう。東海を飲み込むほどの勢いがあるように思える。わしも水運で駿河三河を相手に商いをしているが、扱う品と銭の量は桁《けた》が違うぞ」

小六は口を挟んだ。

「やはりお主の目は節穴じゃ」

からかうように藤吉郎は笑った。

「夕暮れはもう、一日の流れが定まって暮れるのを待つのみ」

権六はこの小男のよく回る舌と頭を、興味深い思いで見ていた。

「駿河が夕暮れなら、尾張はどうか」

権六が訊ねると、

「未明でしょう」

即座にそう返してきた。

「まだ夜は明けきっておらぬが、輝くような朝が来るやもしれません。わしは殿の小者として身辺に侍り、その智慧《ちえ》と勇猛に目を啓《ひら》かれました。あの方こそ人の世の太陽となるお方」

うっとりとしている小さな頭を、小六の大きな拳が殴りつけた。

「その太陽の下で泥棒鼠のようなまねをしおって」

「盗むつもりなどない。わしはまとめようとしただけじゃ」

濃尾には無数の流れがある。それは川筋の恵みを受ける集団もまた多くあることを意味している。蜂須賀党だけではなく、本流の木曽境川沿岸を中心に、松原《まつばら》、坪内《つぼうち》など尾張でも名高い国人たちが盤踞《ばんきょ》している。

川筋全てをまとめる勢力はこれまでなく、それぞれの国人衆が互いに手を携え、時に争って人と物の往来を司《つかさど》ってきた。

「一つになれば、さらに大きな利が生まれる」

藤吉郎は熱っぽく言う。

「殿をご覧あれ。乱れていた下四郡をまとめ上げられ、守護代の三奉行でありながらもはや守護さまを上回る勢い。このまま尾張一国から美濃に至るまでを……」

やめんか、と小六は苦々しげに制した。

「俺が守護代家にお仕えしていると分かっていてそのような無茶を言うな」

「無茶ではない」

藤吉郎は真顔になっていた。剽軽さと重厚さを瞬時に切り替える。似たことをしてのける者があるとすれば坂井大膳であったが、彼よりもまっすぐさを感じさせるのは、その軽く明るい話しぶりにあるのか、と権六は思った。

「権六さま、お願いがあります」

藤吉郎が急に話を振ってきた。

「川筋のとりまとめ、わしでは貫目《かんめ》が足りませぬ。何とかお力添え願えないでしょうか」

本気で言っているのか、と権六はまじまじと貧相な顔を見つめた。

「正気も正気。権六さまは信秀さまのもとで武名を上げられ、勘十郎さまの後見を任されるほどのお方。家の格はさほどでもないのに、若君の傅役となっても誰からも異論が出なかった」

「無礼なことをさらりと申すな」

小六が叱りつけたが、権六は気にしなかった。

「権六さまとわしなら、きっと濃尾の水運を一新することができます」

二発目の拳が藤吉郎を黙らせた。

九

蜂須賀の屋敷は遠くから見ると御殿造りの豪勢なものだった。しかし、板の間は傷んで所々剝がれている。これは権六の下社城でもよく見る光景だった。城を強く美しく保つには手間と金がかかる。戦や悪天候が続くと、城を手入れする余裕もなくなってしまう。

「戦は勝つほうに賭けねばならん」

権六の視線を気にしたのか、小六はぽつりと言った。

「負ける方についてしまえば損をするばっかりだ。柴田どのも同じであろう」

小六も稲生での権六の戦いぶりを称えた。

「蜂須賀どのの戦ぶりは俺も見ておった」

今回の戦を仕掛けたのは信勝の側であったが、より本気になっていたのはどうやら信長のようであった。

「何事もそうだが、結局争いごとはより強い気持ちで臨んだ者が勝つ」

「さよう。強い心を持っているかいなかです」

割り込んできた藤吉郎は、小六の言葉に勢い込んで頷いた。

「尾張をまとめるには三郎さまのもとに心を合わせねばならない。心が合わさる大本である主君こそが強く激しい心を持っておらねば、従う者たちという枝を束ねることなどできはせぬ」

ますます面白いな、と権六は藤吉郎を見つめた。先ほどまで罵り合っていた小六でさえも、耳を傾けている。

「これまでお前のようなやつには会ったことがないが、三郎さまのお側近く仕える者は皆お前のように心酔しているのか」

「わしの浮き沈みは殿にかかっておりますから。戻る地はなく、ただ殿のみ」

ぞくりと背中に冷たいものが走った。

本能的に、このまま話を聞いていては危ない、と権六は思ってしまった。

「まあ落ち着け」

「お前に戻る地がなくても、国人衆はみな累代受け継いだものを守ってきたのだ。それを全て一緒くたにされてはたまったものではない」

「ですが……」

「新たなことをするには念を入れて備えねばならん。それは三郎さまを見ていてもわかるだろう」

稲生での信長の戦い方は、一見無鉄砲に見えて間違いなく理があった。権六には考えもつかないやり方で、数に勝る弟の軍を打ち破ってみせた。

「まず訊《き》くが、此度のことは三郎さまの許しを得てのことなのだろうな」

そこが気になっていた。信長が木曽川流域の国人衆をまとめよと藤吉郎に命じたとして、このような性急なことを許すだろうか。

「それは……」

ここまで権六に対しても堂々と受け答えしていた藤吉郎の目が、途端に泳いだ。

「殿の常々のお言葉から」

「命じられたのか？」

「いえ……そうお望みかと」

この若者が勝手にやろうとしたことなのか、と権六はため息をついた。

「蜂須賀どの、これは三郎さまによくよく説明しておいた方がよいぞ」

「まあ、そのあたりで許してやってくれんか、柴田どの」

乗ってくるかと思っていた小六が藤吉郎を庇《かば》った。

「別に怒っているわけではない。懇々と言って聞かせてやってもらいたいのだ」

「それは失礼。柴田どのは見た目が厳《いかめ》しいので、つい。だが、藤吉郎も悪気があってしたことではあるまい」

言い訳をするように藤吉郎は頰を掻いた。

「先ほどまでは殺そうとしていたのに」

「こやつはまだ小猿なのだ。それに今のご時世、川並衆がこれまでのように離合集散しているばかりではよいとも思えん。ただ、小猿にまとめるのは無理だ」

「小猿というのも侮り過ぎのような気がするが……」

「まだ、と言ったろう。藤吉郎はいずれ大猿にも狒々《ひひ》、いや、龍や鳳凰《ほうおう》にもなるやもしれん。腹の立つこともするが、役にも立つ」

「今度はまたえらく買いかぶったものだな」

小六は権六の肩を抱かんばかりに近付いた。

「俺はこれでも人を見る目はあるつもりだ。川筋にはありとあらゆる人と物が集まる。本物も偽物も来る。藤吉郎はもしかしたら、何者かになれるかもしれん」

権六は小六とそこまで親しかった訳ではない。なのにここまで熱く藤吉郎のことを語るのが興味深くもあった。ふと見ると、藤吉郎の姿が消えている。

「すばしっこいやつでな」

「あれだけ目端がきけば側近くに置いて使いたかったのではないか」

いやいや、と小六は手を振った。

「俺では到底使いきれぬ。器が違う」

「そんなものか」

聡明な若者だ、とは思った。だが、親しく交わろうとする気にはなれない。木曽川流域の国人衆がこれまで積み重ねたものを考えずして、川筋をまとめることなどできない。無理やりそんなことをすれば尾張の水運は大変な混乱に陥るだろう。

十

お筆を促して美濃へ向かおうと玄関口に出た。お筆も共に奥へと招かれたが固辞し、馬と表で待っていた。権六が声をかけようとすると、剽《ひょう》げた声が聞こえてきた。

「それで小六はですな、寺の坊主の頭をはたいて……」

驚いたことにお筆が声を上げて笑っている。それまで微笑むことはあっても、声を出して笑うところなど見たことがない。お筆が先に権六に気付き、口元を押さえて頬を赤らめた。

「これは権六さま」

藤吉郎がぱっと膝をつく。

「お前の話をしているのに知らぬ間に出ていくとはどういう料簡《りょうけん》だ」

「小六どのと権六さまのお話もあろうかと思いまして。わしの策についてもご相談されているのだろうと楽しみにしておりました」

「蜂須賀どのと俺が話しても、お前の望むようにはならぬぞ。今の俺には何か決める力などあるわけがない」

そうですか、残念そうに肩を落とすと、本当に鼠が水に落ちた時のように貧相になる。

お筆はその様を見てまた顔を背けて口元を押さえた。

「でも、権六さまの奥方さまと言葉を交わせたのはよかった」

権六は特に否定することもなく、お筆の無聊《ぶりょう》を慰めてくれたことには礼を述べた。

「藤吉郎よ、お前は信長さまの意を受けて、などと申していたがそれは偽りだったということなのだろう？　偽りで事を成そうとしてうまくいったとしても、いずれ明るみに出て痛い目に遭うのではないかな。それまで築いたものを全て失うぞ」

「その時はその時です」

藤吉郎は傲然と胸を張った。

「いずれは殿もわかってくださる」

「それは甘えだろう」

「しかし……」

「まあ聞け。尾張に限らず、皆それぞれの身代の中で築いてきた枠があるのだ。それを考えずして事を進めるのは難しい。お前も高い望みがあるなら、まずは地道に足もとを固めていけ」

藤吉郎は俯いていたが、ぼそりと呟いて顔を上げ、愛嬌《あいきょう》のある笑顔を残してふたりのもとから去った。

「面白いけれど、怖い方ですね」

街道に出たあたりでお筆が言った。

「怖い？」

権六が抱いた印象に怖いというものはなかった。

「全て壊せばいい、と」

「藤吉郎が最後に呟いた言葉か？　信じられぬな」

「ええ。でも、私もそう思うことがあります」

微かな笑みを浮かべるお筆の横顔を、権六は驚きと共に見ていた。

十一

稲葉山城下に入るととたんに街が賑やかになった。

清洲や那古野に匹敵するような大きな街だ。稲葉山城は長良の流れを北の守りとし、南に向かって延びる放射状の街路沿いに、武家、職人、商人の町が広がっている。

権六は下社の寺の住職に紹介してもらった城下の禅寺、瑞龍《ずいりゅう》寺に泊めてもらうことにした。斎藤妙椿《みょうちん》が応仁年間に建立した七堂伽藍《しちどうがらん》の大寺で、尾張の禅寺の束ねともなっている。

「おお、尾張下社の柴田どのがおいでとは」

日に焼けて精悍《せいかん》な顔つきをした住持は大いに歓迎してくれた。

「名高い武人のあなたを客人として迎えられるのは非常に光栄なことだ」

「過分なお言葉、痛み入ります。京へ上る前に美濃の山河を楽しもうかと思いまして」

「事情は聞き及んでおります。ゆるりとされるがよい。ただですな……」

住持は申し訳なさそうな顔をした。

「今日は宿坊の方に京から客人がまいられるのです。将軍家に縁《ゆかり》のお方でしてな」

「ご迷惑をかけているのはこちらです。私たちは城下で宿を求めたいと思います」

貴人が来るとあっては邪魔になるだろう、と権六は気楽に立ち上がろうとした。

「そういうわけにはまいりません。宿坊ではなくこの本堂にお泊まりいただきたい」

「何と勿体《もったい》ない」

「本堂には客人の従者も共にお泊まりになりますので、そこをご承知いただければ」

宿を借りようとしているのはこちらである。文句を言う筋合いはなかった。本堂も、もちろんすぐさま自分たちの部屋のように使えるわけではなく、朝夕の勤行もあれば参拝客も来る。

大きな寺に位の高い客が来るのは珍しいことではない。大和や都には貴族や皇族の流れをくむ僧侶が多くいる。尾張の大きな寺にも時折そういった訪問者がある。権六も下社の城主として法要に参加することはあるが、僧侶とは挨拶を交わす程度だ。権六は無位無官の土豪にすぎない。

やがて寺の周辺が騒がしくなった。小坊主たちが走り回り僧侶たちが慌てて袈裟《けさ》をつけている。誰もが忙しげで、権六たちにかまう者はいない。

「どうしましょう」

お筆は戸惑っていたが、権六は京から来る貴人が何者なのかを確かめたくて、末席でこっそり見ていようとお筆に持ちかけた。

「それは楽しそう。でも私は笠をかぶっていないと」

「俺たちはどうしても目立ってしまう。だが笠など堂の中でかぶっていれば余計におかしい。俺たちは寺の坊主たちの一番後ろから見ているのがよかろう」

「不審に思われないでしょうか……」

「その時はその時だ。住職にこの本堂を使ってもいいと許しを得ているのだから、客として迎えられていることに変わりはない」

京に向かう前に貴人の姿を目にできるのは僥倖だった。尾張の片田舎に住む者にとって、京は別天地である。そこから時に遣わされてくる貴人を拝見すること自体が娯楽ともいえた。

やがて、一行の先触れが寺に貴人の来着を告げる。権六は先触れが武者であることに気づいた。僧侶も護衛に武人をつけることはあるが、もののしい甲冑に母衣をかけ、まるで戦場の装いだ。旗印を見て権六は驚いた。足利の家紋、二つ引両である。

寺の者たちもどこか緊張しているように見えた。

権六たちに応対してくれた住持が通りかかったので、客人はどなたかと訊ねると、覚慶《かくけい》という人物だという。第十二代将軍足利義晴《よしはる》の子にして現将軍義輝《よしてる》の弟で、興福《こうふく》寺の僧となっている。

足利将軍家が京室町《むろまち》の花の御所に住み、武家を束ねていると権六も知ってはいるが、その内情には詳しくない。ただ跡目争いがその都度激しく、何十年にも及ぶ大乱が京で繰り広げられたことは知っている。

ただ、どの大名家も天皇家や将軍家に繋がりを求め、そこから得られる栄誉を自らの権威づけに使うのは、長年続けられてきた慣習である。権六は自分がそのような権威に繫がれるとは思っていないが、やはり憧れはあった。

旅装束を解いて本堂に入ってきた先触れの武者は、若く幼い顔をしていた。形の良い頭と涼しげな目元が印象に残る若者だ。

彼は本堂の片隅で置物のように座っている権六とお筆に気づき、驚いて少し口を開けた。その様がまたあどけなく、微笑ましさすら覚えたが、

「尾張下社の柴田権六どのとお見受けいたします。私は美濃明智《あけち》郡の住人で、覚慶さまにお仕えしている明智十兵衛《じゅうべえ》と申します」

と丁重に名乗ったので驚いた。

「住持からお聞きして、ご挨拶にまいりました」

もっともな心遣いだ、と感心する。ただの若武者ではないのは、言葉を交わしていて明らかだった。信長が気に入りそうな利発さだ、と権六は思った。

「先代の弾正忠家さまは京で大変名高いお方でした。足利家とのご縁も浅からず、私どもも代替わりのご挨拶をいずれせねばならぬと思っておりましたが、情勢が定まるまではと遠慮しておりました」

この明智十兵衛という若者はきっと、尾張がどのような状態にあるのかも、詳細に知っているのだろう。

「この度、弾正忠家を継がれた三郎さまは見事な武者ぶりとお聞きしております」

明智十兵衛は瞳を輝かせて訊ねてきた。十兵衛は信長に強い興味を持っていることを隠さなかった。

「あれほど乱れていた尾張下四郡をまとめ上げてしまわれるとは並々ならぬご手腕。しかも柴田どののような武人相手に寡兵で勝ちを得てしまわれる。これはただならぬことです」

十兵衛の口調には十分な敬意が込められていて、権六は負け戦のことを言われても気を悪くすることはなかった。

「いずれは覚慶さまも尾張へ下向し、三郎さまと親しく言葉を交わされたいと願っておられます。しかし私どもの耳に入ってくる三郎さまの人となりは、百万の大将の器だと申す者もいれば、思慮の浅い荒くれ者だという者もおります」

「何とも……」

権六は信長について詳しく話すことを避けた。

「私は三郎さまではなく、勘十郎さまの後見人としてお仕えしてまいりました。信秀さまや勘十郎さまのことはお話しできますが、三郎さまのことはそれほどよくは存知ませぬ」

十兵衛は少し驚いたように片眉を上げた。

「実際に矛を交え、優れた将であられることはこの身が思い知っております。ですが、私は一度敵となって戦って敗れたあと許され、このように剃髪して諸国を放浪する身となっております。三郎さまのことをあれこれ評することはできません」

義龍が当主となった美濃斎藤家と信長の関係は決して良くない。

道三が世を去ってからというもの、義龍と信長の間で小競り合いが続いている。義龍も足利家の力で権威を高めようとしているのだろう。実際、幕府高官の一色氏の名をもらい、家臣たちも改名させている。

斎藤義龍と争いごととなっているのは尾張だけではなく、境界を接している飛騨や信濃《しなの》、越前や越中とも揉め事は尽きず、織田家との関わりもそれぞれ違う。

今の権六の立場ではあまり余計なことを言うべきではないと、曖昧に言葉を濁したのである。それに覚慶がどれほどの影響力を幕府内に持っているかもよくわからない。

権六の慎重な口ぶりに、十兵衛は納得の表情を浮かべた。

「これは踏み込み過ぎたことを伺いました。柴田どのが織田勘十郎さまの後見を任されていたことは重々承知しております。今は僧形の身とはいえ、三郎さまとのご縁もまだおありのご様子」

どの表情も美しく爽やかなのだが、初めて権六は癇《かん》に障るのを感じた。この青年は少し聡明すぎるのかもしれない。だがそれもほんの一瞬のことで、後は明智十兵衛が話す美濃や畿内の情勢を興味深く聞いていた。

日が傾きかけたあたりで、十兵衛の主君が寺に到着したことを知らせる声が、玄関から響いてきた。

「それではこれにて。柴田さまは本堂をご自由にお使いください。法要は別のお堂でできないか住職に伺ってきます」

「いや、それには及びません」

権六は慌てて手を振った。先に本堂を使う許しを得たのは自分たちだが、あくまでも寺の本来の客は覚慶だ。そのように言うと、十兵衛は折り目正しく礼を言った。

十二

やがて覚慶の一行が山門から入ってきた。

輿《こし》や馬車に乗るのではなく、自ら馬に跨《また》がっている高位の若い僧が覚慶であるらしい。門前で馬を降りる様も手綱さばきも、さすが武家の棟梁の一族といった趣だ。堂々としていながら、優雅でもある。

法要の施主は斎藤新九郎義龍である。将軍家の貴人が斎藤家の当主と何を話し合うのか。探ることはできない。探ろうとすれば余計な疑念を招く。そう考えた権六は翌日の法要を待たずにお筆とともに寺を出ようとした。

覚慶の周囲には見た目も涼やかで、人並外れた腕前を感じさせる者たちがついている。ただ強いだけではなく、智慧《ちえ》の輝きを誰もが放っていた。都人のきらきらしい気配に権六は多少気後れしているところもあった。

だが出発しようとしている権六たちを明智十兵衛が呼び止めた。

「柴田どの、難しい話はもう終わりました。覚慶さまも尾張の名勝などについて伺いたいとおおせです。もちろん、お話しできることだけで結構です。ただ覚慶さまの無聊をお慰めし、実り多き旅路となるよう宴に花を添えていただきたいのです」

権六とお筆は顔を見合わせる。

「これからお二人は京に向かわれるとのこと。私たちはこのまま越前に向かいますが、覚慶さまのお口添えがあれば京での滞在もよりよきものになるでしょう」

押し付けるわけではなく、それでいて拒ませない独特の強さがあった。

日が暮れたあたりで歓迎の小宴が開かれた。稲葉山の城で義龍に挨拶をし、寺に戻ってきた覚慶をもてなしているのは、美濃の重鎮である稲葉一鉄《いなばいってつ》と安藤守就《あんどうもりなり》である。

権六は末席にいて、列席の者たちが連歌を詠《よ》むのを聞いていた。歌心のない権六は、順番が回ってくるとすぐさま句を捻りだす都人に驚くばかりだ。その時である。

「では、柴田どの、次の句を」

宗匠を務めるのは細川与一郎《ほそかわよいちろう》という若い侍であった。明智十兵衛よりもさらに美しく風雅さを漂わせた痩身の青年で、低く響く声も耳に心地よく、肝心の歌が頭に入ってこないほどだ。

急に歌を求められて権六は狼狽《ろうばい》した。連歌を趣味とする者がいることは知っているが、権六は歌を知らない。信秀に誘われたことはあったが、曖昧な返事をするのみで学ぼうともしてこなかった。

上座に座る覚慶がじっとこちらを見ている。発句もろくに聞いていないのに、歌が出るわけもなかった。

「座に着いている以上、そなたも歌詠みだ」

覚慶は興ざめした様子もなく穏やかに言った。

「だが、だからといって無理強いはすまい。歌は風流を楽しむもの。ここは私が継ごう」

覚慶は瞑目し、一句詠み継いだ。そこからまた何巡も歌は繋がれていく。もちろん権六にもまた順番は回ってくる。やはり歌が出るわけはなかったが、その時権六の代わりに口を開いた者がいた。

お筆が句を詠んだのである。深山のそよ風のように嫋《たお》やかな声で、木曽川を渡る雁《かり》の群れと無常を詠う。さらに一巡して連歌は終わった。

「やはり人を知るには歌を交わすのが一番である」

覚慶は満足そうな表情を浮かべ、もてなす側の美濃の重臣たちや寺の僧たちも安堵の表情を浮かべている。風流を解さぬ自分のような者がいたせいで、さぞや不愉快な思いをしたことだろう。権六がそんなことを思っていると、

「柴田どの」

覚慶が声を掛けてきた。

「歌はお嫌いか」

「縁のないものだと思っております」

「そうか。ではこれで縁ができた」

覚慶が微笑みを頬に浮かべた。

「次に相まみえる時は、ぜひそなたの歌も聞いてみたいものだ。そこにある美しき人の歌も、悲しくも趣のあるものであったが」

これが貴人の品、というものか、と権六は内心舌を巻いた。

「覚慶さまがこのように親しくお声を掛けられるのは珍しいことです」

隣に座っていた十兵衛が囁いた。覚慶は立ち上がり、宿坊へと去っていく。随身のうち数名は護衛として宿坊へ随行し、残る数人は本堂で泊まるようだ。権六とお筆は縁に出て、寺僧たちが片付けをする様を見ていた。客が来るのは珍しくないようで、僧たちの動きは手早く無駄がない。

その時、がっちりとした体軀の武人が隣に腰を下ろした。

「わしも連歌は苦手でな」

西美濃の実力者、稲葉一鉄良通《よしみち》が太い眉を下げた。

「風流など縁のないことだと思っていたが、身代が大きくなるとそれだけ余計なこともやらねばならん。面倒なことよ」

そう言って慌てて周囲を見回し、肩をすくめた。

「都人に聞かれたらえらいことだ」

稲葉一鉄は美濃三人衆と呼ばれる、力ある国人の一人だ。権六は信長と帰蝶の婚姻の際に、言葉を交わしたことがある。

「柴田どのの戦いぶり、見事と聞いたぞ」

「皆そう申すが俺の戦いぶりなど情けない限りだった。見事だったのは三郎さまの方だ」

「いや、主君の兵を全て任され、敗勢となっても総崩れにさせなかった。なかなかできることではない」

乱戦となって一たび形勢が固まると、大将の下知も届かなくなる。負け戦の中で踏みとどまって命を落としたいと思う兵はいない。だから敗戦と総崩れは常に隣り合わせだった。

「総崩れにならなかったのは、下社衆が踏みとどまってくれたからだ」

兵のほとんどは信勝から預かった末森衆だが、そのうち三百足らずが下社からの兵であった。一人一人の名や顔だけでなく、家族すら知っている者たちだ。

「あそこで旗を翻してもよかった」

一鉄は探るように言った。

「与力同心してくれる者たちのためにここは引き下がれないと思っていたが、三郎さまの方が一枚上手だった」

その後、清洲に詫びを入れに行った時のことを権六は思い出していた。兵を率いて敗れたのであるから、敗戦の責めは自分にもある。あの場で自分の命運を握っていたのは信長であり、どのような裁きを下されても従容《しょうよう》として受け入れるつもりだった。

だが、信勝は権六に全ての責があるようなことを言った。責めは自分にもあるとわかってはいたが、主君の言葉が棘《とげ》のように心に刺さった。

「……旗を翻す、という頭はなかった」

「では、これから翻せばよい」

一鉄の探るような視線は変わらない。

「身を翻して稲葉どのにお仕えせよと？」

「殿に取り次ぐこともできるぞ」

「主君を替える気はない、とだけ申し上げておこう」

一鉄はそれ以上は言わず、寺を去っていった。お筆は一鉄の足音が遠ざかったのを確かめてため息をついた。

「権六さまは引く手数多《あまた》ですね」

「俺を引き込めば尾張を攻めやすくなる。今川の味方に付けば三河からの道が楽になるし、斎藤が俺を味方につければ清洲や那古野を東西から挟撃できるだろう」

「それだけですか？」

権六は首をかしげた。

「あなたさまが欲しいのですよ」

お筆が庭を見ながらぽつりと言った。雨が降り出している。数えるほどだった雫がやがて雨だれとなって土の色を変えていく。あなたさまが欲しい、という言葉が権六の胸をざわつかせていた。

「もし私が一国の主なら、権六さまは手に入れたいお人です」

「さようか……。お筆が一国の主になったら、俺は喜んで麾下《きか》に馳《は》せ参《さん》じるよ」

「戯れを申しているのではありません」

ぷっと頬を膨らませる。何とも愛らしい人だ、と思う心に気付いて権六は慌てて目を背けた。

夕刻になって、わずかな灯明が本堂に灯《とも》されても、明智十兵衛ほか覚慶の随員たちは体を休めに来なかった。既に扉に閂《かんぬき》を掛けて眠ろうとしていた権六は、やおら扉を開け放った。

「権六さま……」

稲葉山城下から赤黒い光が立ち上っている。

「様子がおかしい」

その時、寺の門が激しく叩かれた。僧たちもすでに武器を取り出し、門に上がって矢を番《つが》えている者もいる。戦の気配が満ちている。

門の上から外を睨んでいた僧兵が、門前を見下ろして何か怒鳴っている。すると一人が門から下り、本堂へと駆けてきた。

「柴田権六どの、従者であったと申す者が門を開くようにと」

門の梯子《はしご》を上って見下ろすと、惣介が血相を変えて門を叩いていた。

「権六さま、すぐに下社へお戻りください」

「何が起きた」

僧に頼み込んで門を開けてもらうと、惣介は権六の足元に縋《すが》りつくように膝をつき、

「勘十郎さまが再び兵を……」

そう言ったきり絶句してしまった。権六も門外の干戈《かんか》がぶつかり合う音を聞きつつ、しばし動けなかった。

第四章　秋霜　末森城

一

信勝がもう一度兵を挙げようとしている。

一度許されて再び戦うのであれば、それは乾坤一擲の策がなければならない。

「勘十郎さまにそこまでの備えができておるのか」

権六は末森の情勢を詳しく知っているつもりだった。末森衆の軍勢の二割ほどが傷つき、命を落としていた。戦は最後の一兵が命を落とすまで続けられるものではない。ある程度形勢が固まれば戦は収束に向かい、後始末をどうするかという談判に入るのが常であった。

戦で勝敗が決し、敗れた方がすぐさま戦を起こす例はないわけではないが、よほどの勝算がなければ愚かであると言わざるを得ない。

「それで、下社にも勘十郎さまから陣触れが来ているのか」

権六の問いに惣介は頷いた。だが、下社には目付として滝川一益が入っているから、そうそう勝手なことはできないはずだ。

「下社の兵たちをまとめるため権六さまに戻られるよう、勘十郎さまからの使いがまいっております」

しかし、権六は信長に許されて下社をしばらく離れている。惣介は信勝からの書状を権六に見せた。そこには、兄の暴虐を止めて尾張に安寧を取り戻し、また先の雪辱を果たすためにこの命を捧げて戦う、とある。

権六に対しても、先の敗戦の恥を雪《そそ》ぎ、織田家への忠誠を明らかにするのはまさに今であると激しい言葉で書かれていた。

「分かった。ともかく俺も下社に戻る」

「では権六さまも、再び三郎さまと矛を交えるおつもりですか」

そうだ、とははっきり断言できないわだかまりが権六の中にあった。信秀から信勝を預かっていながら、一度判断をしくじった。

「それは戻ってから考える」

権六は城下から続々と出陣していく武者たちの列を眺めていた。そこに、覚慶の従者であった明智十兵衛が駆け寄ってきた。

「これより私は寺から、というか美濃を出ます」

「お一人でか」

十兵衛の顔に焦りはなく、どこか呆れたような表情が浮かんでいた。

「この騒ぎの元は、何だかおわかりですか」

「……親子の諍いの名残《なごり》ですか」

「さすが、よくおわかりで」

「尾張でも主筋の揉め事が近頃ございましてな」

とぼけた権六の物言いにくすりと笑った十兵衛だったが、すぐに真顔に戻った。

「新九郎さまと道三さまの諍いは、激しいものでした」

先年から既に父子の激突は避けられないものと考えられていた。道三が可愛がっていた、義龍にとっては弟にあたる二人が稲葉山城で謀殺されていたからだ。出来損ないと父に罵られた義龍は傑物であった。

「その器量を見抜けなかった時点で、大勢は決したというべきです」

十兵衛は静かに言った。稲葉山の義龍のもとに馳せ参じた軍勢は一万を超えたという。

「道三さまはもう少し徳のあるお方かと思っておりましたが……」

「知略に長けた将領ではありますが、性狷介《けんかい》で酷薄なところがありました。新九郎さまは弟御を謀殺したとはいえ、国衆や土豪衆には慕われていたのです」

美濃も尾張と同じく、多くの侍や寺社が土地を分け合い、その境を巡っての争いと無縁でいられる者は少ない。互いの利害がぶつかった時に、安堵を与える者がいかに公正で力があるかが、その声望を決める。

「新九郎さまは双方の言い分を聞かれ、裁きをつけた後も敗れた側にねんごろに言葉を掛けられ、その心が荒《すさ》まぬよう努めてこられました」

　それに比べて、と十兵衛はため息をつく。

「道三さまは酷薄なところがありました」

　美濃の守護は代々土岐《とき》氏が務めてきた。道三は父の代から美濃に移り住み、土岐家の信任が厚かった長井家を乗っ取る形で力を強めてきた。さらに守護代斎藤家も同じように我が物にすると、最後は守護土岐家の実権を奪って美濃を手中に収めたのである。

　才覚次第で位を上げる彼の行いこそが下剋上《げこくじょう》であり、一見華々しい。だが、道三が最後の時に及んで衆望を集められなかった理由もよくわかっていた。

「下剋上など多くの者は望んでおりませんからな」

　そう言う十兵衛の前を一群の馬蹄《ばてい》が整然と過ぎていく。

「国衆や土豪たちは何も主君や親兄弟を殺してまで、何かを望んでいるわけではありません。手の中にあるもの、父祖から引き継いできたものを守りたいだけです」

　聡明で人を惹きつける美しさがありながらどこか棘のある若者だったが、その言葉には深く心に響くものがあった。

　しかし、と十兵衛は続けた。

「我が明智一族は道三さまについたのです」

　意外なことを言った。

「私は欲に目がくらんだ一族の者たちを止めることができなかった……」

明智氏は美濃の守護、土岐家の流れをくんでいる。別れたのはもう何代も前と言うから、土岐氏の本流になり得るわけがない。

「土岐家に対し、長く含むところがあったようなのです。いつの日か美濃の中核を成す家として輝きを放つ時が来てほしい、そう願っていたのですよ」

「それなら新九郎さまにつけばよかった」

「ですが、新九郎さまは順逆を大切にするお方。それでは明智家が日の目を見ることはないでしょう」

なぜ明智が道三側についたのか、権六にはわかる気がした。

不遇であると感じている者に優しく接しておけば、後々味方になってくれる。

「分の悪い方に賭ければそれだけ取り分が多くなる。賭け事の基本です」

「しかし分の悪い方に乗れば種銭を失う恐れも大きくなる」

「確かに。だから見返りが少なくても勝つ見込みのある方に賭け続けることが勝ちへの近道です。そのようなこともわからぬ愚か者は滅びればいい。明智の家は一度ここで滅んでも、私がまた大きくしてみせる」

大したものだ、と権六は内心舌を巻いた。自らの一族に対して滅びてしまえばいいという。苛烈な十兵衛の言葉に、権六は思わず目を見開いていた。

「申し訳ありません。お聞き苦しいことを」

「いや、さようなことはない」

よほど腹に据えかねることが積み重なっていたのか、と権六は考えた。

「ですが、いくらそう思っても明智の名を捨てられるわけではありませぬ。今、私がここにいては道三さまの側についた明智の残党と思われても仕方がない。ですから一度私は美濃を出ます。覚慶さまにはもうその旨をお伝えしてございますので」

だがその時、門が激しく叩かれた。

「客人の中に明智の者がいたはずだ。その者を出せ」

そう叫んでいる。十兵衛は舌打ちした。

「私の命運もここまでかもしれませぬ」

この輝くような若者をこんなところで失うのは惜しい。

「十兵衛どの、庫裡の裏に隠れていてくれぬか」

「どうなさるおつもりです」

「ここは私が引き受ける」

権六は寺僧に頼んで紙と筆を取り寄せると、急ぎ書状を認《したた》めた。宛名は迷った末に信長とした。

「織田三郎さまは、才ある若き者たちを集め、身辺で使われている」

「私に織田家に仕えよと申されるのですか」

「いや、そういうわけではないが……」

権六も差し出がましいことを言ったのではないか、とややうろたえた。

「十兵衛どののような才気溢《あふ》れる若者であれば、きっと三郎さまも喜ばれるだろうと思いましてな」

十兵衛は涼やかな目もとをわずかにほころばせた。

「柴田どのはかつて戦った相手だというのに、三郎さまを随分と高く買っておいでになるのですね。まだ噂しか耳にしておりませぬが、いずれはお目にかかってみたいものです」

「ともかく、まずは貴殿を逃がさなければならない」

「いや、ここで柴田どのの手をお借りしたとあっては」

そう言うと、行李《こうり》の中から二人張りの大きな弓を出してきた。

「その弓を引かれるのか」

権六は一見線が細そうな十兵衛が、このような大弓を引くことに驚いていた。

「美濃は私の故郷ですし、新九郎さまには何も含むところはありませぬ。できれば誰も傷つけることなく、この場から退かせてもらいたい」

その表情は真剣だった。権六はその意図を読み取り、

「それならなおさら十兵衛どのはお顔を見せぬ方がよい。向こうは主命を受けてまいって

いるのだ、顔が見えれば何を言っても引き下がりはしないだろう」

　十兵衛はしばし考えて頷き、庫裡へと隠れた。

二

　権六は厩《うまや》に隠し置いてあった槍を手に取った。一度頭上で回すと、鋭い風音が鳴る。

「腕はなまっておられぬようですね」

　いつの間にか隣にいた惣介に向かって苦笑いを浮かべる。

「そうそう弱くなるものか」

「人は鍛えないと弱くなるものです。もともとお強い権六さまにはわからぬでしょうけど」

「えらく嫌みな言い方をするではないか」

「鍛えないと強くならないような手合いは、結局その程度なのですよ。権六さまのおらぬ下社では凡人がもたもたと喧嘩《けんか》していて見てはおれません。早くお帰りください。この際勘十郎さまのことはどちらでもよいのです」

　また無茶苦茶なことを言っている。苦笑しながら権六は山門を見上げ、声をかけた。

「門を開けてくれ」

「しかし……」

「こちらには何も後ろ暗いところはない」

権六の迫力に負け、寺僧は門を開ける。数歩後ろでは惣介が弓を構えている。短弓だが、その威力の凄まじさは何度も見ている。

「権六さまの背後をお守りするのは私の役割なのです。明智の若君にはお任せできないんですよ」

「頼むぞ」

門が大開きになると、数騎の武者と十数人の足軽が居並んでいた。甲冑もつけない権六と惣介が立ちはだかっているのを見て、気圧《けお》されたように数歩下がる。

「新九郎さまは客人の宿に戦を仕掛けるのがお好みか」

「そうではござらぬ。殿は道三さまの暴虐をあれ以上見過ごすことができず、ついに一戦交えることと相なった。多くの者は道理を弁《わきま》え、殿のもとに馳せ参じたが、明智の一党は道三さまにつき、国中をいたずらに乱そうとした。今もこうして国を騒がせている」

「だが、もう大勢は決しているはず。しかも十兵衛どのは将軍家ゆかりの上人の供働きを務めておられる身だ」

将軍家の名を出すと、武者たちはますます怯《ひる》んだような表情になった。口に出している権六ですらも、武家の束ねである幕府という権威、将軍というこれまでの暮らしには全く縁のなかった存在を交渉に使ってしまってよいものか、内心恐れを抱いていた。

「明智十兵衛どのは新九郎さまの事情を慮《おもんぱか》られ、稲葉山城下にとどまりあらぬ嫌疑をかけられては心外と、すでに寺を出られた」

「後ろ暗いところがなければ逃げる必要はなかろう」

「余計な争いを避けるためであろう。この寺には他にも、覚慶さまに従って都より来られた方々が多くおられる。私は下社のしがない土豪に過ぎぬが、とはいえこの寺に認められた客である。それでも無体をされるというのであれば……」

　槍の鞘《さや》を払う。四尺の穂先が松明《たいまつ》の火を受けてぎらりと光った。

「己の面目は守らねばならぬ」

　だが、相手も引き下がらなかった。

「それがしは野々村三十郎正成《ののむらさんじゅうろうまさなり》と申す。このまま寺を検分しなければ主命を果たさず帰ることになり、また貴殿の槍に怖じたことにもなる」

「意地を張りなさるな」

「武人が意地を張らずして何の面目があろうか」

　その言葉を権六は爽やかに感じた。槍を合わせてみたい、と心が昂《たかぶ》った。三十郎は下馬し、槍を立てて権六と手合わせする心を表した。こうなれば誰も横槍を入れることは許されない。

名乗り、向き合った瞬間に、権六は相手の強さを感じ取った。野々村三十郎は斎藤家でも名高いつわものであることを思い出す。

「参る！」

正面からのぶつかり合いは権六がもっとも得意とするところだ。

槍の戦いは間合いの勝負である。突き、払い、押さえが無限に変化し、その穂先を相手の体に届かせた者が勝つ。それだけに、手持ちの武器、長兵器の王である槍は武人たちに愛され、鍛えられてきた。

権六は槍を合わせての一騎打ちに負けたことがない。それは三十郎も同じようだった。己の腕に絶対の自信がありながら、決して相手を侮らない。なんとか適当にあしらって退いてもらうつもりだった。

だが槍を合わせること三十槍《そう》を超えても優劣がつかない。

「さすがは美濃斎藤家にその人ありと言われる野々村三十郎どのだ。これほど楽しい立合いはそうそうござらん」

権六の言葉を聞いた三十郎も莞爾《かんじ》と笑みを浮かべた。

「戦場は命のやり取りをするところ。決して楽しい場所ではない。だが、貴殿と槍を合わせていると実に心が躍る」

そう言うと槍を引いた。

「かような場で立合うのは実に勿体ない。美濃と尾張が雌雄を決するその日に、もう一度槍を合わせましょうぞ」

三十郎は後ろに続く兵たちを振り返り、

「ここには道三さまの残党はおらぬようだ。我らは城に戻って復命し、急ぎ戦に加わろう。美濃の静謐と安寧がこの一戦にかかっておる」

そうして三十郎率いる一隊は寺から去っていった。権六はほっと息をつき、あたりに注意を払いながら槍の穂先を鞘で覆った。

「先の旅路を辿るのは無理なようだな。下社へ戻ろう」

権六が命じる前に、お筆と惣介は既に身支度を整えていた。

三

庫裡から出て権六に礼を述べた明智十兵衛は首を振った。

「新九郎さまが今に至るまで兵を送るのを待たれたことこそ、称えられるべきです。ともかく、柴田どのには助けていただきました」

「余計なお世話だったかもしれぬが」

「いえ、私が彼らに対していれば何が起きたかわかりませぬ。彼我の意地がぶつかって、どちらかが命を落とすことになったでしょう。柴田どのの腕だからこそ、野々村どのも引いてくださった。私の腕では向こうは引けませぬ」

謙遜が過ぎる、と権六はたしなめた。

「いえ、槍筋というのは人となりを表すものです。柴田どのの槍筋は、野々村どのも申していた通り、かようなところで見るには勿体ないと思わせるものなのですよ」

十兵衛は厩から自らの馬を引き出してきた。

「もう日も暮れました。国境までお送りしましょう」

「ご心配なく」

「大勢ははっきりしているとはいえ、新九郎さまとしては、ここで国内の敵を一掃したいとお考えのはず。落ち武者狩りは激しくなるでしょうし、このあたりの民は戦にも慣れています。国境まで一気に駆け抜けるのが得策でしょう」

「しかし、あなた方はどうされる。しばらく美濃からは出られぬのでは」

そこに、心配無用と声がかかった。

ふと見ると、数人の供回りを連れた僧形の貴人が馬上豊かに権六を見下ろしていた。

「美濃守には私からもう伝えてある。国境には尾張の軍勢が攻め上がってきていると聞く。彼らにも間もなく私の意向が伝わることだろう」

「しかし、三郎さまと新九郎さまは争われているのではありませぬか」

権六の言葉に覚慶はにこりと笑った。

「私の言葉を無下にできる武人はそうはおらぬ。柴田どの、次に会う時までに歌を学んでおかれよ。尾張から出たときには役に立つ」

覚慶は身を翻し、宿坊の方へ戻っていった。

「御出家なされてもさすがは京の公達。何ともお美しい方ですね」

お筆は覚慶の後ろ姿をうっとりとした目で見送っていた。権六は胸の内に渦巻く刺々《とげとげ》しい感情を、なんとか抑え込もうとした。お筆は覚慶が去った方向を見ながら言った。

「それでも、私は権六さまを一番好ましく思います」

「無理して褒めずとも良いぞ」

気を遣われるとより惨めになるものだ。

「私は権六さまに偽りを申したことなどございません」

気づくと、その黒い瞳がじっと権六の瞳を捉えていた。権六はどう答えて良いか分からず、お筆を抱えあげて馬に乗せた。

覚慶が斎藤義龍に根回しをしておいてくれたおかげで、尾張との国境への道は不気味なほどに静まり返っていた。しかしその静けさは、あちこちにうずくまるようにして陣取っている美濃衆のおかげであった。

道三は信長にとって妻の父であり、そして肝胆相照らした友でもあった。もちろん、互いに打算をもって付き合ってはいたが、信長の率いる軍勢には弔い合戦に向けての本気が感じられた。

そして、それに対する義龍も本気であった。国境が近づくにつれてますます軍勢は増え、国境まで来た時には美濃衆が焚く松明で夜空が赤く照らされるほどになっていた。

信長の軍勢は清洲から北上して美濃へまっすぐな道を通ることを望んでいる。だが、尾張上四郡には織田信賢《のぶかた》という、信長と険悪な一族が強い勢力を保っている。

信秀の死後、両者の間柄はより冷え切ったものとなっていた。

信長が上四郡の周辺で軍勢を動かす時は、信賢に対して気を遣わなければならなかったし、好き勝手に動くわけにもいかなかった。

権六は、美濃側の兵の配置や動きから見て、あらかじめ信長の動きを知らされていたのではないかと考えた。

ともかく、権六たちは美濃の者たちに囲まれるようにして、両軍が睨み合う西側の湿地帯まで連れてこられた。長良川の支流の一つが流れているところで、正式な渡し場ではない。しかし川で漁をする者たちの小舟が何艘《なんそう》も舫《もや》われていて、小さな川湊《かわみなと》になっていた。

「厄介をかけた」

送り届けてくれた明智十兵衛に頭を下げた。一族が道三の残党として死闘を繰り広げているのが気にならないわけがないだろう。しかし十兵衛はあくまでも涼やかで美しい表情のままだ。

「以前、こんな噂を聞きました。いずれ織田三郎さまのもとに、美濃の侍たちは馬を繋ぐことになるだろう、と」

「いや、聞いたことはないな」

道三が信長を認めていた、という噂は聞いたことがある。だがそれも、どこまで本音だったかわかったものではない。息子と不仲な自分が助力を頼むとすれば、娘の夫であり尾張の有力者である信長をおいて他にはない。

「柴田どのとお会いして、違いないと思いました」

「私は直接三郎さまに仕えているわけではありませぬ」

「いえ、貴殿ほどの武人を破った。機を見てぜひお会いしてみたい」

「覚慶さまがそれをお望みになれば、三郎さまもお喜びになるでしょう」

十兵衛は嬉しそうに頷き、稲葉山の方へと戻っていった。ここまでの道中も、落ち武者狩りの禍々《まがまが》しい気配が満ちていた。戦が起きた後の稼ぎ時を待ち構えているのだ。それは下社衆とて同じことで、落ち武者は狩人《かりゅうど》にとっての肥え太った猪と変わらぬことを、権六も理解している。

「疾《と》く渡ってしまおう」

自ら舟の纜《ともづな》を切り、お筆を先に乗せる。惣介は弓を取り出し、暗がりを睨みつけている。

「惣介も乗れ」

「権六さまが先に」

「いいから乗れ。弓もよこせ。俺が舟を出せと言ったらすぐに岸を離れろ」

惣介は不満そうな表情を一瞬浮かべたが、短弓を権六に手渡す。惣介は櫓《ろ》を握り、船尾に腰を下ろした。春のもったりとした風が南から吹いてくる。織田、斎藤両軍がぶつかっている気配もなく、不気味な闇が静けさと共に広がっている。

鳥が鳴くには時が遅く、蛙や虫たちにとっては季節が早い。ただ風の音だけが時折木々を揺らしているのが聞こえるのみだ。闇の中で動くのは鍛錬を積んだ者でも難しい。雨は降っていないが、厚い雲が月と星を隠していた。

四

人は常に人の気配を保っているが、獲物や敵を追おうとする時には獣になる。人が獣に戻る。その気配は獣よりさらに獣性を帯び、強い敵意と殺意は虎や狼《おおかみ》をはるかに上回る。

取り囲んで押し潰してくるような凶悪な気配に、国や身分は関係ない。

目に見える闇全てが一斉に揺れたような気がした。

敵意が一つの塊となってこちらに向かってくる。肉汁の滴る最上の獲物だとこちらを見ているのが伝わってくる。

権六はたとえ狙われても断じて喰らわれる気はないと、相手に思い知らせる必要があった。となれば方法はただ一つだ。

闇の中で最も強い気配を放つ影に向かって権六は矢を放った。

闇の中からぎゃっと短い叫び声が響くと、それまで猛獣の気配を滾《たぎ》らせていた闇が臆病な小動物のそれに変わって、散り散りに逃げ去った。

権六は、人の集まりが虎や狼にもなれば、鼠や子猫のように臆病にもなるものだと、戦場を往来しているうちに理解していた。

それが切り替わるきっかけになるものは、軍を率いる将領の安否であった。

総大将を射止めてしまえば軍勢は半ば力を失う。

それまでの陣立てが万全であれば持ちこたえられるかもしれないが、総大将が倒れたと軍内に広がれば一気に浮き足立つ。それは野武士の一団であっても、大名の整った軍勢であっても変わらない。

だが、ほぼ全ての気配が消え去った後、呻き声が聞こえた。

「矢が急所に当たったのでしょうか」

惣介は目を凝らすが、権六は舟を一度岸に着けさせ、声のする方へと歩いていった。声には聞き覚えがなかったが、似たような呻きは戦場で耳にすることがあった。

闇の中で一人の男が両手と両足を縛られ、転がされている。具足は剝ぎ取られているが、名のある武人のように見えた。権六がすぐさま縛めを切り放つと、

「返……せ……！」

と野獣のような声を上げて飛びかかってきた。

白目を剝《む》き、歯を剝き出しにし、逃げた賊が落としたらしき短刀を片手に猛然と襲い掛かってくる。だが、深手を負っているのか動きは鈍い。首筋を無造作に摑んで気を失わせると、肩に担いで舟へと戻った。

「権六さま、そいつが棟梁ですか」

「いや、落ち武者狩りで捕えられたどこぞの侍だろう。傷を負っているから手当してから帰してやろう」

この侍以外の人の気配はどこにもなかった。油断はしないが安堵して小舟に乗った。このあたりは川の流れも穏やかで、鯉《こい》や鯰《なまず》などが捕れる場所と見てとれた。

ねっとりと静まり返った川面の上を、小舟が進んで行く。舟の周りだけ水が揺れ動いて波紋が広がっている。権六は舳先《へさき》の向こうを見つめて体から弓を離さないでいた。

このまま誰にも見つからぬまま下社に戻れればいいが、そのためには一度海に近づいて東に進まねばならない。

人目は少ないが川筋や湿地が多く、歩きづらいことも確かだ。清洲や那古野を経由して末森と下社に至る道は、街道も整えられている。歩きやすい道であることは間違いないが、その代わり人目が多い。

「川筋を抜けるか」

「いえ、お待ちください」

惣介が警戒の声を発した。水の上だからといって安全というわけではない。のんびり鯰を釣り、貝を掘っている川の民も、暗闇の中で右往左往する落ち武者がいれば、獲物と見て襲い掛かってくる。

「水の上はかえって厄介かもしれませぬ」

惣介の声に先ほどにはなかった焦りが含まれていた。水練は戦う者の嗜みではあるが、川で暮らす者には到底かなわない。どんな猛者《もさ》も水の中では力の半ばも出せない。火矢を射込まれたりひっくり返されたらそこで一巻の終わりである。

船梁《ふなばり》もないごく小さな漁《いさ》り舟は櫓で漕《こ》いでももったりとしか進まない。不意に目の前に無数の松明が灯った。光のある方は、信長の軍勢が陣取っているあたりからは離れているはずだった。

「どうされます？」

「誰何されたら正直に答えるしかない。俺たちに後ろ暗いところは何もないのだから」

煌々《こうこう》と輝く篝火《かがりび》をこれだけ多く掲げられるのは、それがしかるべき将が統率した軍勢である証《あかし》だ。そのうちに一艘の天道船《てんとうぶね》が近付いてきた。ひと際大きな篝火を船の上に突き出し、鵜飼の船のようでもある。長良川とその周辺では古くから篝火を焚いて魚を集め、飼い慣らした鵜を漁に使う漁法が盛んである。

「権六さま、あれは……」

お筆がわずかに身を乗り出した。天道船の舳先に小柄な男が立っている。こちらを見て後ろに向かって何か喚いている。弓に矢を番えていた数人の兵が慌てて弦《つる》から外していた。それを確かめると、嬉しそうにこちらに手を振ってくる。

五

「藤吉郎か……」

信長に小者として仕えている若者は、川筋の者たちと親しい。蜂須賀党の者たちはもともと斎藤道三に従っていたから、信長と連携していても不思議ではない。

「権六さま、ご無事で帰ってこられましたか」

こちらを怪しむでもなく、陽気な声が川面の闇と鮮やかな対比をなしている。なにより、篝火に照らされた子鼠のような顔には、張り詰めた気持ちで闇の中を走ってきた心を解きほぐす柔らかさがあった。

「この後、どうなされますか」

「下社に戻ろうと思う。美濃で戦があり、新九郎さまと三郎さまの間柄を考えても、そのまま美濃にとどまり京に向かうのは余計な諍いのもととなりかねない」

「賢明なご判断です。このまま殿のもとへ参りませぬか。稲葉山の様子をお伝えいただければ」

藤吉郎の表情も言葉も朗らかなままだったが、篝火に照らされている瞳は何も映していない。権六は慎重に言葉を選びながら口を開いた。

「俺は槍こそ携えているが、旅姿であって具足は持ち合わせていない。陣立てを聞く限り、三郎さまは美濃との一戦も辞せぬ覚悟で国境まで出ておられる。俺は先代に勘十郎さまの後見を託された身であり、その兄である三郎さまを支える立場でもある。今は、その三郎さまのお許しを待つ身だ。槍一本だけ担いで推参するような非礼はできぬ」

「なるほど、深きお考え。さすがは権六さまでございます」

おおげさなほどに誉《ほ》めたてた。

「寺にいるうちに戦になってしまったから、戦の様子もわからぬしな」

時に、戦の前に槍と具足を担ぎ陣借りに来る者がいる。兵が多いほど戦は有利になるが、誰でも入れればよいというものでもない。以前には信勝の主力を率いており陣触れにも名のなかった自分が、いきなり陣を訪れれば妙な憶測を呼ぶ。

「わしは権六さまと轡《くつわ》を並べてみとうございました」

藤吉郎は思わぬことを言った。丁重なようで、こちらを対等に見ているととられかねない言葉だった。妙な輝きを放ちながら、時に喉もとに引っかかるような言動をするのが明智十兵衛に似ている、と権六は思った。

「戦の最中でゆとりはないかもしれぬが、もし落ち着いたら三郎さまにお伝えしてくれ。俺は下社の城には入らず、城近くで謹慎しております、と」

「承ってございます」

今度は慇懃《いんぎん》に頭を下げ、船の群れを率いて暗闇の中に消えていった。振り向くと、惣介は青い顔をして櫓を握っている。

「大丈夫か」

「あの御仁、こちらを殺す気でしたな」

「そうだな」

白々しく同乗している船の者たちには弓を下げるよう命じていたが、篝火の光の届かぬあたりに忍ばせた船からは、無数の鏃《やじり》がこちらに向けられていた。

「気付いておられましたか」

「あの男、まことに用意のよいことだ。三郎さまの教えなのか天分なのかはわからんが、二段、三段と備えをしておる。俺たちの様子がおかしければ、そのまま川に沈めるつもりだったのかもしれぬな」

「天分でありましょう」

お筆が断言した。

「三郎さまの小者でありながら、もはや己の家臣のように蜂須賀党を追い使っておりました。自らが放つ威光を信じて疑わない」

権六は鼻で笑った。

「威光も何も。三郎さまの命を受けているだけだろうに」

「主君の命令を受けても、その威を借りるだけでなく、さながら己の命であるかのようにできるのは才覚です」

「お筆……」

「だからこそ頼もしく、恐ろしい」

舟は南へとわずかに流れ、そして東の岸へと着いた。蜂須賀党をはじめ川並衆の船には深更にもかかわらず兵たちが詰めている。眠っている者もいれば、歩哨《ほしょう》に立つ者もいる。

権六たちの姿を見て一瞬身構えたが、すぐに体から力を抜いた。

「清洲の城下で宿をとろう。いくらなじみ深き尾張国内といえど、遅くなりすぎた」

だが、清洲の手前で、数人の男が権六たちを取り囲んだ。

「野伏の類か。俺は下社の柴田権六だ。尾張の者なら俺の顔を知っておろう。このまま道を開ければよし。行く手を阻むなら首を引きちぎるぞ」

権六の一喝に、顔を隠した先頭の男が前へ出た。

「柴田どの、すぐさま末森の城に入っていただきたい」

「津々木《つづき》か。急ぎの御用か」

津々木蔵人《くらんど》は信勝の側近く仕える母衣衆の一人だ。

「好機が到来しております。三郎さまが軍勢を率いて美濃の国境を越えようとしている今、背後を衝くのはこの時しかありませぬ」

「それは勘十郎さまが望まれておることなのか」

「さようです。尾張に安寧をもたらすことができるのは殿以外におられない。柴田どのもお考えは同じでしょう。今こそ稲生の恥を雪ぐのです」

言葉こそ丁寧だが、まるで己が主君であるかのような傲岸さを隠さない。

確かに、信長は義父・道三の弔い合戦のために数千の兵を率いて清洲を後にしている。だが、末森の主だった将は権六を含め、自重するよう強く釘《くぎ》を刺されていた。

「尾張の安寧は皆が願うところ。勘十郎さまが国主にふさわしい君主であると俺も信じたい。だが、そうなるためには万全の備えが必要だ」

「心配無用。先だっての戦は貴殿のしくじりで敗れたが、次はそうはまいりませぬ」

信勝の麾下《きか》に対する心配りのなさが、この側近の男にもそのまま映されているようだ。

権六はうんざりしながら思った。だが、信勝の行いを自分が正しき方向へ導けなかったのではという悔いもある。

「ともかく、勘十郎さまと話がしたい」

「ぜひそうなされませ」

蔵人は満足そうに頷いた。

「そこの従者を先に下社へ走らせ、柴田どののお帰りと陣触れをさせよ」

「そのあたりは俺が決める。そなたは黙っておれ」

権六がひと睨みすると、初めて蔵人は怯みを見せた。

「その恐ろしい顔で脅しをかければ、誰もが言うことを聞くと思っておられるのか」

顔のことを言われて権六はますます不愉快になった。

「別に脅しをかけているつもりはない」

「そうであっても、そのような威厳溢れるお顔で物を言われれば、常人でしたら恐れ怯えを抱くでしょう」

そういう蔵人の顔は若い娘のように美しい。信勝に衆道の友として、深く寵愛されていると噂されるのも無理はない、整った顔つきをしている。

「俺がお仕えしているのは勘十郎さまだ。同時に下社の主でもある。もし兵を率いて先頭に立つとしても、まずは下社の心を落ち着けてやりたいと思う。ともかく軽々しく兵を動かすようなことはするな。おかしな真似をすれば俺が許さぬ」

蔵人は顎を上げ、好きなようになさいませと冷たく言った。不愉快な気分のまま、権六たちは下社への道を急いだ。清洲で一泊しようという気持ちはもはや消え失せていた。急ぎ城に戻って後のことを考えねばならない。

六

城に戻ってひと眠りしようとすると、昔から仕えてくれている厩番の老人が、権六さま大変です、と駆け寄ってきた。

「今日末森から、勘十郎さまの命だと言って十数人の侍がやってまいりました」

「何か悪さをしたか」

「滝川さまを縛り上げ、牢《ろう》に放り込んでおります」

「愚かなことを」

権六は天を仰いだ。

下社城はごく小さな城だが、それでも一応狼藉《ろうぜき》を働いた者を閉じ込めておく牢獄《ろうごく》はある。その前で警戒に当たる兵たちの多くは既に居眠りをしていたが、権六が一喝すると飛び起き、慌てふためいて逃げようとした。そのうちの一人を捕まえて押さえ込み、顔を覗き込む。

「下社の者ではないな」

逃げかけた兵たちは、そろそろと戻ってきた。

「そのまま逃げ散らないところをみると、勘十郎さま直々の命を受けてきたか、それとも蔵人の近侍か。どちらだ」

兵たちは応えなかったが、表情の動きから蔵人に命じられて来たのだろうと考えられた。

「滝川どのは無事なのだろうな」

滝川彦右衛門一益は信長から遣わされた目付だ。伊勢から来た小身の若者とはいえ、信長が下社の目付を任せるほどの信を得ている。このようなことをして只《ただ》ですむはずがなかった。まだ何か言いたげな兵たちを蹴散らし、鍵を開ける。

外も暗いが、牢の中はさらに暗い。その闇の向こうに端座している影がある。強い闘気を静かな怒りで抑え込んでいるような、そんな気配である。

「彦右衛門どの」

権六が声をかけると、暗闇の中に白い歯がわずかに覗いた。

「京への道は閉ざされましたか」

「戦の中を通り抜けていく気はしなかった」

「それは惜しいことをしました。しかし、下社の者たちにとっては僥倖だったことでしょう」

「滝川どのにとっても？」

覗いている歯が少し広がった。笑みが大きくなり、否定を表しているようだった。

「俺のことなどどうでもよい」

その時、権六の首筋を冷たい手が撫でていった。戦場において、してはならぬことをした時、敵の罠《わな》の中に足を踏み入れてしまった時、この感覚に襲われることがある。

縛されて座っているはずの彦右衛門の影が揺らいだ。その胸元から別の光が閃く。口元から零《こぼ》れる白い歯のそれではない。

きいん、と、権六が咄嗟《とっさ》に抜いた小太刀とその光がぶつかった。

「これくらいの意趣返しはお許しくだされ」

怒りの気配がすっと引いていた。この男がその気になれば、末森から派されてきた兵たちなど一蹴できたことだろう。しかし、彼は怒りを覚えつつも耐えたのだ。

「俺が命じられたのは、下社がどのように振る舞うかを見ることであって、末森の愚か者どもを斬ることではない」

彦右衛門が主君の言葉に忠実なのか、それとも己の腕に余程の自信があるのか、判然としなかった。しかし、目の前の影は既に立ち上がっている。小柄で痩せているのに、一分の隙もない。

「このまま殿に復命すれば、柴田どのはもはや下社の主ではいられなくなる」

「これだけは分かってくれ」

権六は影働き特有の深い闇を感じさせる男に、気持ちを込めて話をした。

「横目役として遣わされてきた彦右衛門どのをこのような目に遭わせたのは、下社の者たちではない」

「言い逃れようとなさるのか」

「言い逃れるつもりはない。受けるべき責めがあれば、それは城の主である俺のものだ」

「なるほど……」

彦右衛門は再び腰を下ろして牢の中に座った。だが、権六に背を向けている。斬りたいならどうぞ、と挑発しているようにも見えた。

「では、どのようにされるか考えられよ」

そのまま座禅を組み、再び気配を鎮めていく。権六はそっと牢から離れ、下社の者たちで牢の周囲を固め、しかし、彦右衛門の出入りは自由にしておけと命じてから御殿に戻った。

七

梁《はり》が震えるほどの己の鼾《いびき》で目が覚めた。

城の外は朝の光で満たされ、春先のひんやりした空気が庭から入り込んでくる。昨夜は滝川彦右衛門を守る手配をし、お筆を庵に送り届けてから城に戻ってきた。

権六はいつでも眠ることができる。信秀もそうだった。戦場での作法のほとんどは、信秀に教わったものだ。親を早く亡くして下社に預けられた権六にとって、信秀は戦場での振る舞い方の見本だった。戦い方、勝ち方、負け方、全ては信秀から授けられた。

「眠らぬ奴《やつ》は負ける」

信秀はいつも言っていた。

「眠らねばいつまでも働けるのではないかと考えたことがある。今となっては童の浅知恵とわかるが、その時は本気で思っておった」

眠らず鍛え、考えること三日で倒れたと信秀は笑った。

「しかも、鍛えておっても体は動かなくなるし、政のことを問われても何一つ頭が働かぬ。だから疲れたらともかく休め。己一人が寝たことで崩れるような策は立てるな」

その言葉を権六は忠実に守ることにしている。下社には無事に帰ってこられた。末森から来た者たちを縛り上げて蔵に閉じ込めてあるが、その詮議はまた次の日のことだ。起こすな、と皆に命じて深い眠りについた権六は辰《たつ》の刻（午前八時）まで目を覚まさなかった。だが、彼が体を起こすなり面倒ごとが飛び込んできた。

「勘十郎さまより、すぐさま末森にまいるように、と」

「わかった」

よく眠ったおかげで疲れは消えていた。自分が美濃から戻っていることを、信勝だけでなく信長も知っている。藤吉郎が復命する折に自分のことを申さぬわけがなかった。そして眠っている間に、滝川彦右衛門についても考えがまとまっていた。

「このまま置くつもりですか。三郎さまの疑いを解くためにも、すぐさま清洲へ戻すべきです。それができぬのであれば……」

佐久間大学允盛重の息子、五郎兵衛盛昭《ごろべえもりあき》は、信勝の行いはもはや弁解の余地がないと考えていた。

「それとも、覚悟を決めてもう一度兵を挙げますか」

「勝つあてはあるのか？」

権六が訊ねると、五郎兵衛は渋い顔になった。

「それにもはや大義もない。尾張は三郎さまのもと、まとまりつつある。こちらから戦を仕掛けるのに万全の備えをしないのは、死ににいくようなものだ」

「しかし……」

　五郎兵衛は諦めなかった。

「下社の衆は他所《よそ》の連中から侮られ、土地や水を横取りされることも増えました。勘十郎さまに訴え出てはおりますが、なかなか動いてはいただけませぬ。末森衆も稲生では共に戦ったはずなのに、先の負け戦は下社衆の働きが悪いからと喧伝し……」

　悔しさで胸が塞がったのか、五郎兵衛は言葉に詰まった。

　春はどこにいても来る。だが、敗れて迎える春は切ないものだ。

「一度の負けで自棄《やけ》になるな」

　権六は疲れ切った表情の者たちを励ました。

「いくらでも挽回の機はある」

　自分で言っておきながら、どこかぐったりしてもいた。挽回の機があるということは、また戦が起こるということだ。その時に身の処し方と戦い方を間違えなければいい。それも信秀が教えてくれたことだ。

「ともかく、下社衆には俺が帰ったことを告げ、他所の連中からとやかく言われるようなことがあれば俺の名を出せ。柴田権六は下社に健在であるとな」

　武者たちが最も望んでいたのはその言葉であった。権六あってこそ、下社に住まう者たちの安寧は守られる。もうこの地から離れることはできない、と権六は強く心に決めた。

「権六さまはこれからどうなされます」

「末森城へ向かう」

「勘十郎さまからの陣触れは……」

「戦支度は措《お》け。戦にはさせぬ」

「よいのですか」

「勘十郎さまのお考えをよくよくうかがってくる。尾張は二つに分かれて争っている場合ではない。美濃はやがて新九郎さまの下で一つになるだろう。駿遠の動きも気になる」

権六は惣介と五郎兵衛だけを連れて城を出た。

「鳴海《なるみ》で動きがありました」

五郎兵衛が苦々し気に言った。信秀が世を去って間もなく、下社から南にそう離れていない大高《おおだか》と鳴海が今川方に寝返った。鳴海城を治めていたのは山口《やまぐち》左馬助《さまのすけ》教継《のりつぐ》という土豪で、権六と同じく信秀に見出《みいだ》されて多くの戦功を上げた。

鳴海は三河、尾張の境に近く、かつ知多半島への入口を押さえる要地である。それだけ信秀の信任が厚かった。信秀と今川義元の間の停戦を仲立ちするほどの重みがある男だったが、信長とはそりが合わなかった。

「鳴海城を出ろと三郎さまに命じられていたらしい」

権六はかつて教継が忌々しそうに言っていたことを思いだした。

「だが、山口どのにとって鳴海城は信秀さまに託された大切な城だ。そうそう納得のいくものではなかっただろう。鳴海と大高の線は尾張の盾だ。彼にもその誇りがあったはずだ」

「ですが、左馬助さまは鳴海を出て駿府へ行かれたと聞き及びますが」

「そこだ」

鳴海と大高を手に入れた今川義元にとって、この城は尾張と知多半島への門となる。その門番を、寝返ったばかりの将に任せ続けることができないのは当然とも思えた。

「いま鳴海に入っているのは岡部丹波守《おかべたんばのかみ》だったな」

その名を聞いた時、権六は暗澹《あんたん》たる気持ちになったものだ。

岡部元信《もとのぶ》はかつて下社に権六を誘いにきた朝比奈泰能に匹敵する家格の持ち主で、さらに戦も強い。小豆坂《あずきざか》では信秀率いる織田主力を潰走《かいそう》させた勇将である。

そして何より、義元が今川家の家督を継いだ際に奔走《ほんそう》し、その主従の絆《きずな》は誰もが知るところである。

「左馬助さまは駿府で斬られたという噂もありますな」

「はかないものだ。だが、嘆いている暇はない。兄弟で争っている場合ではないのだ」

三河は松平家の当主がまだ若く、今川家の分国といってもよいくらいに服従させられている。知多半島の水野氏は一貫して信長を支持しているが、大高と鳴海が今川家に押さえられていては連携は難しい。

やがて末森の城が見えてきた。あからさまに軍馬を集めるようなことはしていないが、城の中に入ると、合戦の備えをするかのように武具と兵糧が集められていた。その中には鉄砲も数丁見える。

「権六、まいったか」

しばらく見ぬうちに信勝は頰がこけたようだ。

「決戦の時は今ぞ」

「そのことで、勘十郎さまにお話ししたき儀が」

「秘策があるなら聞こう。人払いをするか」

「いえ、皆に聞いてもらいたいのです。主だった者を広間に集めていただけませぬか」

だが、そこには津々木蔵人他末森衆はいたが、林秀貞をはじめとする重臣や、信秀からつけられた国衆や土豪たちの姿はなかった。それも当然で、稲生での敗戦の後、信勝との付き合いには重々気をつけるよう、諸将は信長から釘を刺されていた。

信勝もそれは先刻承知で、信の措ける側近たちにしか声を掛けていないようだった。権六が一瞥《いちべつ》すると、多くが俯いたままだ。これから織田家当主に弓を引こうという気勢に満ちているわけではない。

「父君から正統なる家督を継いだ者こそが、弾正忠の受領名を受け継ぐことができる。三郎さまは暴虐の限りを尽くして力で四方を切り取り、もはや人心は離れている」

「しかし、尾張は岩倉《いわくら》城の伊勢守さまを残してほとんどが三郎さまに従っているはず。ここで兵を挙げても国中の合力は得られるのでしょうか」

信勝は扇子でぴしりと膝を叩いた。

「権六は怯え過ぎではないか」

あからさまに不愉快な表情である。

「怯えているのではありません。皆の安寧を乱すのであれば、勝算がなければ……」

「だから、備えは整っておると申しているだろう」

だが、城の周囲に軍勢が集まっている様子もない。

「わかりやすく戦の備えをすれば、兄上は気付かれるだろう。それに、今度こそ、後詰の確約をもらった。新九郎どのとは話がついている。道三の残党を平らげたあとはすぐさま長良川を下り、西から攻め入る手筈になっている」

さらには、蔵人が言葉を継いだ。

「鳴海の岡部丹波守とも気脈を通じ、末森衆や尾張の心ある者を加えれば数万を超えるだろう。尾張はこれでようやく平穏を得られる」

それは違う、と権六は強く諫めた。信長の軍勢とそこで働く者たちの強さと才覚を、この目で見ている。

確かに信長を攻め滅ぼすことだけを考えれば、それが最も得策だと権六も思う。斎藤義龍と今川義元という東と北の大勢力の力を借りれば、尾張の半ば以上を手中に収めているとはいえ、まだ万に満たぬほどの兵力しか動かせない信長は持ちこたえることができないだろう。

だが駿河の主ははたして、そんなにお人好しだろうか。

「あれほど大きな身代を持つ大名家が約束を違《たが》えるわけがなかろう。起請文《きしょうもん》ももらっておるぞ」

それほどまでの確約を得ているなら勝算はあるのかもしれないが、その後信勝が尾張の国主として存分に振る舞えるかどうか、甚だ疑わしいと権六は思っていた。

彼が理想とする姿はただ一つだ。

和解とまでは言わないが、せめて兄弟が互いの足を引っ張らぬよう、尾張の安寧と静謐を守ってくれればいい。

だが信勝はすでに騎虎の勢いになっている。美濃と駿河双方の助けを得て兄を討てるとなれば、それは気勢も上がるだろう。しかしそれでは、信秀が細心の注意を払って均《なら》し、また築き上げてきた大切な枠組みを壊してしまうことになる。それだけは絶対に認められなかった。

権六は思いとどまるようもう一度懸命に諫めた。しかし、信勝も蔵人も全く聞き入れる様子を見せない。そして末森衆の主だった侍たちも、信勝の勢いに押されているのか同じように諫めようとはしない。

戦への流れを信勝と蔵人が二人で無理やり作り上げているかのようだった。このままでは末森衆は信長と正面からぶつかることになりかねない。

「わかりました」

権六は意を決して胸を張った。

「戦の前に、私に考えがございます」

「何か名案があるか」

「名案かどうかはわかりませぬが」

信長が周囲に若者や他国の人間を集めて、自在に追い使っているのを見ていた。

「さような者たちなど何ほどのこともない」

蔵人は鼻で笑った。

「守るべき郎党も土地もないさような連中が役に立つものか」

「彼らの力は全て三郎さまが源となっています。その源を止めれば良いのです」

権六の言葉に信勝は目を細めた。

「さすがは父上が私の後見人としてくれただけのことはある」

「これより後のことはお任せくだされませ。表向きは三郎さまに忠節を尽くされ、怪しまれることなきように」

　信勝はようやく、納得したように頷いた。

　末森城を後にした権六の横顔を見て、惣介は心配そうな表情を浮かべた。

「勘十郎さまと何を話してこられたのですか」

「これから清洲へまいる」

　美濃での戦はすでに勝敗が決し、斎藤道三の残党はあえなく討たれた。出自も怪しげな旅の僧から身を立て、美濃の国主にまで成りあがった男の、夢の終焉だった。その男の息子である斎藤義龍は信勝に手を伸ばしてきている。

　勝利を得た後、尾張とどう接するか、すでにその腹は決まっているだろう。確証はないが、今川が信勝に手を伸ばしているのも有り得ることだった。自分のもとにさえ再三誘いの使いが来ている。信勝に来ないはずがないだろう。兄に対する敵意がこの前の敗戦でなくなったとは、誰も思っていない。だが、時が過ぎ、信勝から叛意が薄れるのを待つ他なかった。

　しかし、権六の努力は無に帰そうとしていた。秋に入り信勝は再び謀叛の用意を進め、国衆たちに檄文《げきぶん》を送っていることが、権六の耳にも入った。

「もはや是非もなし」

　権六はこれからやろうとしている己の行いに、おかしみさえ覚えつつ清洲へ出立する用意を整えた。

「なりません」

惣介は激しく首を振った。

「そんな短慮を起こすなど権六さまらしくもない」

「俺はまだ何も言っておらぬぞ」

惣介ははっと口をつぐんだ。

「お前は人の顔色を読むのがうまいな。いや、これはけなしているのではない。誰かと共に働いたりする時には、その力が必要となる。俺には欠けているものかもしれぬがな」

「そんなことはありません」

惣介は強い言葉で否定した。

「権六さまはご自分ではわかっておられないかもしれませぬが、周りにいる者の心を感じ取る力は十二分に持っておられます。だからこそ、下社の者は権六さまになついているのです」

「そう言ってくれるか。俺には皆目わからぬが。境目争論の裁きも中々うまくつけられぬ。ただ、己が何のために生きているのかはわかっているつもりだ」

「権六さまが身命を賭して何かなされるのであれば、我らも当然それに従います。ですから短慮はなりません」

「心配はいらぬ」

権六は穏やかな表情を作るよう努めた。殺気を発する者が増えるほど、あの聡い信長が勘付かないわけがない。

「お前たちはあくまでも、何も知らず何も感じぬ。そういう顔をして控えておればよい。それが結局は尾張を助けるのだ」

「権六さまはずるい」

惣介は不愉快さをあらわにした。

「そんな顔をせんでくれ。この後のことはお前たちに託さねばならない。どこでどのような戦が起こるかわからんが、下社を戦場にしたくない。そのためにはこの後も存分に働いてもらわねばならん」

やがて清洲の城が見えてきたあたりで権六はぽつりと呟いた。

「ようやく平手どのの気持ちがわかったような気がするよ」

八

信長の帰陣を見舞うために清洲を訪れた、という名目である。戦場から戻ってきたばかりの信長は不機嫌な顔で権六を出迎えた。

「戦の苦労をねぎらいに来たという割には険しい顔をしておるな。もう少し機嫌のよい顔を作ってみてはどうだ」

嫌みもあるが、信長がこのようなことを権六に言うのは珍しい。信長が左右に目配せすると、近侍たちがさっと姿を消した。

清洲城の板敷きの大広間は尾張の国中でも特に広く美しい。その広大な空間の中で信長と権六だけが向き合っている。

権六は信長から二間ほど離れたところに座っていた。この程度の間合いは権六にとっては二足ほどの遠さでしかない。相手の虚を衝くことさえできれば、すぐさまその首を斬って落とすこともできる。

「出来の悪い主君を待つと苦労が絶えぬな」

信長の言葉に、権六は無表情に対していた。

「託された者を守るために何か妨げがあるのなら、その妨げの源となるものを取り除いてしまえばよい」

機先を制するような言葉を放った。そう言うなりするりと立ち上がって庭を見た。舞の上手であることは知っていたが、このような場でも水際立った振る舞いだと感心せずにはいられなかった。信秀にも、そして信勝にもない美しさで家臣を魅了されては、信勝の勝ち目はますますなくなってしまう。

「権六よ」

信長は庭に向かい、権六に背中を向けていた。立ち上がった時は隙がなかったのに、今は隙だらけである。権六は戸惑い、そして死を覚悟した。ここまで虚実を制せられてはどうしようもない。

「お前が懸命に守ろうとしているのは一体何だ。父から託された勘十郎の身の上か。それとも下社衆の安寧か」

考えるまでもなかった。

信勝を支えることと下社の人々を守ることは常に一体だ。だが、どちらかを捨てなければならないとなれば——いやそうならぬよう権六は清洲を訪れているのだ。

「権六よ、わしは父から弾正忠家を継いだ。我が家はもともとは尾張下四郡守護代家を支える三奉行の一つでしかない。だが父上は家を大きくし、京とも交わりを深めて尾張にその家ありと広く知られるに至った。戦をしても美濃斎藤や駿河今川などはるかに大きな敵を相手に、互角以上の戦いを繰り広げてきたのだ」

清洲の中庭には、下社などと同じく、何もない。ただ白砂と奇岩がいくつかあしらわれた寂静な空間のみがあった。

「これまで守護を任されていた家が力を失い、その下についていた者が大きな力を振るい始めている。これまでの枠からはみ出た斎藤道三や伊豆小田原《いずおだわら》、畿内で権勢を振るっている三好《みよし》などといった連中も、元は我らと同じかそれより下の家格でしかなかった者たちだ」

確かに、駿河今川にしても古くから東海三ヶ国を思うがままに操れるほど、大きな力を持っていたわけではない。

「その下につくことを選ぶのも一つの道だろう。だが、誰かの言いなりになってその下で得られる繁栄など、砂で築いた城に住むようなものだ」

国主の立場となれば確かにそうだろう。地面にしがみつくようにして生きる土豪としては、上が誰であろうが安堵をくれればよい。だが、信秀に取り立てられるようになって、上に立つ者の心も多少はわかるようになってはいた。

「俺は父の跡を継いで初めて、父がやろうとしていたことを理解した。なぜ無理をして強い相手と戦い続けたのか。なぜそれまでの枠を崩し、守護家、守護代家に手を出し続けてきたのか」

庭に秋の陽が柔らかく落ちている。寂静の気配にほんのりと温かみが灯った。

「一人でも多くの兵を持っていなければ、大きな敵に対することはできない。美濃や三河、駿河の者どもが尾張の人々を理解し、うまく治めてくれるとは到底思えぬ」

その背中に隙があることを忘れ、権六は信長との対話に心を奪われていた。

「権六、お前が信勝を託されたのは何故だ」

信長の言葉には錐《きり》のごとき鋭さがあった。

「それは……勘十郎さまをもり立てるためです」

「何故もり立てねばならん」

答えるまでもなかった。信秀が築き上げた新たな尾張の枠組みを保ち、彼を信じて従っている者たちを安堵するためだ。

「もし勘十郎をもり立てることで、下社衆の安堵を保てなくなったら何とする」

権六は内心の疑念を言い当てられたが、それでも表情を変えず主君に対していた。信長は続ける。

「下社を含む尾張下四郡、いや一国中の百姓、国衆どもが静謐の中に暮らせる日々を迎えるために、今は争うべき時だ。だが、争う相手は兄弟や連枝衆ではない」

いつしか庭を雨が打ち始めていた。

「わしは勘十郎と話したい。あやつはわしに負けたことで、妄執の塊となっておる。かつて母上にかけられた期待から逃れられないでいる。兄弟が腹を割って話すことで、我らの間にあるわだかまりを解きほぐしたいのだ」

だが、信勝が兄の城に来るとも思えない。

「干戈を交えたのだから仕方あるまいが、そこは権六の才覚で勘十郎を説得してもらいたい」

信長はあくまでも穏やかに話を進めている。だが権六はその底意が別のところにあることに気付き、恐ろしくなってきた。

「清洲にまいられるよう勘十郎さまを説得するなどできませぬ」

「権六の気持もわかる。わしの心底を疑っているのだろう?」

「さようなわけでは……」

「だがわしは余人を交えずここにいる。もしお前に害意があれば、たとえ己が死ぬことになっても、わしと刺し違えることくらいはできるだろう」

「何を……」

権六は信長から放たれる気魄に押され始めていた。

「わしが守ろうとしているもの、お前が守りたいものは決して違ってはおらぬはずだ。どう振る舞うべきか考えよ」

信長は振り返り、権六の前に腰を下ろした。

白く肌理《きめ》の整った顔がすぐ目の前にある。家督を継ぐまでは近侍たちと城外を駆け回っていて日に焼けていたが、すぐに色が戻る性質《たち》であるらしい。

手を伸ばせばその白い喉に手が届く。だが、体が動かなかった。

「去れ」

信長はゆっくりと立ち上がると奥へと去った。磨き上げられた広間には権六が一人残されている。雨音はやがて強くなってきたが、権六はこの広間には信長と自分の二人だけであったことを思いだした。誰も権六を狙う者はおらず、次の間に近侍たちが控えていたわけでもない。それを惣介と五郎兵衛から知らされ、思わず唸った。

「まことに丸腰のままで俺と向かわれたのか……。何故さようなことを」

蛇の冷たさと獅子《しし》の熱さが信長にはある。前から薄々感じてはいたが、信勝は兄に勝てない。それは美濃や駿河がどうこうということではなく、国主としての器が違う。

「より先君に近いのは、三郎さまだ」

権六は間近にあった信長の顔を思い出した。自分とは全く違う、美しい白皙だ。弟も似ているが、その中にあるものはあまりに違う。

「俺にできることは、勘十郎さまをお止めすることだ」

「お止めできるでしょうか」

惣介は不安そうだった。

「それを言上することで権六さまの身に悪しきことが起こりはせぬか、と」

「そうなったとしても止めるべきことは止める。それが後見を任された者の務めだ」

末森城の周囲は変わらず静かだった。

だが、門内は既に戦が間近であるかのように騒々しくなっている。見知らぬ男たちもいる。各地で陣借りをして功名の機会を探っている牢人衆の姿もあった。

「あんな者たちの力まで借りるおつもりか」

権六は顔をしかめた。今の信長であれば、信勝と腹を割って話すこともできるはずだ。丸腰で自分と相対した信長の誠実さに向き合って欲しい。ただ、と同時に恐怖も感じている。もしこの申し出に従わなければ、という言外の脅しも感じていた。

権六は何とか信勝を清洲に行かせねばならない、と追い詰められた気分にすらなっていた。信勝と清洲で話がしたい、という言葉が己を縛っている。

九

「兄上が病だと」

末森城の主が軽躁《けいそう》なほどに喜んだのを見た時、奇妙な喜びと、そして失望を覚えた。こんな迂闊な表情を浮かべる若者ではなかった。蔵人がそれに調子を合わせるように、

「好機がやってまいりましたな。今こそ正しき尾張の国主が立つべき時でございます」

などと煽《あお》り立てている。権六は主従のそのようなさまを見ながら、これは己の責だと思い知らされていた。権六は虚《うつ》ろな心のまま、信勝の見舞いを待っている、と淡々と話し続けた。

「後事について話したい、か」

信勝はさすがに用心深く権六を見据えた。

「三郎さまは私を枕元に親しく呼び寄せて人払いなされ、国難にあたっては兄弟手を携えてあたらねばならぬと切々とおおせられました」

話しているうちに、権六は己の口から滔々《とうとう》と言葉が流れ出てくるのに驚いた。適当ではあるが、この策を用いなければ兄弟の対面もあり得ない。

「権六の申すことなら、確かであろうな」

信勝もようやく信用したようであった。

「よし、では清洲に向かう」

「軍勢をお連れなされ」

蔵人が語気を強めて言った。

「病人の見舞いに軍勢を連れていくやつがあるか。兄上が私と尾張のこれからを談じようというのに、不審の念を抱かれてはまずい」

「それでも、せめて今川からの援軍を待つべきです。すぐさま鳴海と大高の岡部どのに使いを送りましょう」

「不要だ。織田弾正忠家が私のもとで一つにまとまるのであれば、もはや今川の助けなどいらん」

そう言って信勝は腰を上げた。

「権六、末森と下社の兵をまとめておけ。もし万が一のことがあればすぐさま鳴海、そして駿府と稲葉山に使いを送って、かねてからの約束を果たすよう求めるのだ」

信勝の命を賜った権六は、蔵人の疑わしそうな視線にも気付かぬ素振りで、蔵人と十数人の近侍のみを連れた信勝を送り出した。

自分の中でもこれでよかったのか確信が持てないまま、城の門をすべて閉じさせた。誰もが権六の意図を聞くこともなく、ただ黙って言われた通りにした。

十

権六は末森城の大広間に灯明を二本立てたまま、一睡もせずに朝を迎えた。いつでも眠れる彼でも一睡もできなかった。座禅を組んでいるうちに、朝の気配が訪れていた。

お筆に会いたいな、と思った。

美濃から先の旅路、お筆と共にどのような景色を見られたのだろう。

だが、彼女のことを考えるのは、今向き合わなければならぬことから目を逸らしているだけだということも、権六はよく分かっていた。

信長は権六に明確な指示を与えなかった。俺はこのような未来を望んでいる、と示しただけだ。巧妙なやり方だと思う。

信長の策が人としては正しくなくとも、尾張の国主としては正しいのであろうと理解していた。考えれば考えるほど、病を偽って弟を呼び寄せた信長が何をするのか、頭の中でははっきりと像を結んでいた。

未熟な若君を託されていながら、先君の期待を裏切った。逆臣として長く記憶されるだろう。国衆や土豪がより強い主を求めて右往左往するのとは、事情が違う。

仕える主を代えることは、決してその者の価値を下げるわけではない。

だが、信任を受けた主君の心に裏切りを働くのは、不義であった。

これまで権六は己に対して言い訳せぬような、堂々とした生き方をしたいと願ってきたし、実際そうしてきた。

だが、今の行いは信秀に対して申し訳が立つのか。権六は座禅を解いて立ち上がると、馬を引くよう惣介に命じた。

「どちらへまいられます」

「清洲城だ」

やはり事の成り行きを見届けなければならない。そして信勝の身を守らねばならない。

尾張も信勝も双方守ってこそ、信秀の信託に応えるというものだ。

末森城を出たのは夜が明けて間もなくだった。

秋の収穫もほぼ終えて、田畑は冬支度の時季となる。農作業に出る百姓たちが鍬《くわ》や鋤《すき》を担いでゆったりと畔道を歩いている。毎年寸分たがわず繰り返される光景も、戦乱があれば絶えてしまう。だが、それを守るために託されたものを切り捨ててよいのか。

ほどなく見えてきた清洲の城の周囲はしんと静まり返って音もない。城は主と共に気配を変える。だが、晩秋の陽光を浴びても、城の大門からは権六を拒むような秋霜の厳しさが流れ出していた。彼が馬の歩みを止めると勝手門が開き一人の男が顔を出した。瓜のように額と顎の出た若者で、丹羽長秀と名乗った。

稲生の戦いの時に、信長軍の先頭に立って修羅のように戦っていた若武者の名は聞いたことがある。彼も滝川彦右衛門と同じく、元々は尾張の人間ではない。

「殿がお待ちです」

「それはありがたいが、勘十郎さまはいかがなされた」

だが、長秀は答えない。

戦支度をした兵たちがずらりと庭に並んでいる。信長の身辺を固める若者たちもやはり甲冑を身につけていた。物事を感じ取る柔らかな部分が臼《うす》ですり潰されるような心地だった。

こうなると半ばわかっていたのに、信長の胸中は見抜いていたのに、この結果を招いてしまった。皆が戦装束なのに、信長一人は小袖姿であった。

青白い顔で広間の上座に腰を下ろし、その前に兄によく似た顔の若者が横たわっていた。

すでにその顔からは生気が消え失せ、命を失ってから何刻か経ったことを示している。

信長への挨拶も満足にせぬまま、信勝の遺骸の前に膝をついた。

託された若者の、命を失った肉体がそこに横たわっている。権六にとって死は決して遠いものではない。戦場に出れば人の命などあっという間に消し飛んでしまうことを知っている。

だからこそ、戦場では死をなるべく小さなものにしようと試みる。優劣が決まれば、敗れた方は敗北を認め勝者は敗者を許す。信勝は最後まで敗北を認めることができなかった。

その役割は自分がするべきだった。

後悔は限りなく湧いて尽きることを知らない。

「お前のその後悔は間違ってはおらぬ」

信長がじっと権六を見つめていた。前とは違い、広間にはぎっしりと信長の近侍と重臣たちが控えている。なのに、信長と自分しかいないかのような静けさだった。

「こうなる前に、勘十郎を止めることができたはずだ」

信長の叱責は静かだが重いものだった。

「仕える者の先に立って導いてやることもお前の役割だ。平手のじいはわしの前に出ることができず、結局はわしの背後で自ら命を絶った。だがお前の器量なら勘十郎の前に立つこともできたはずだ。父の負託に応えられなかったこと、稲生でわしに刃を向けたことよりも罪深い」

権六は拳を板について平伏した。

「是より先、下社から出ることなく慎んでおれ」

激しい叱責へと口調は変わっていた。権六は信勝の遺体を引き取りたいと申し出た。菩提を弔い、余生を静かに暮らしたいと願った。

「何を心得違いしておる。お前にはしてもらわなければならぬことがある。時が来るまで待て。我が意をわからぬと申すなら、すぐに勘十郎のもとに送ってやろう」

それが偽りない言葉であることは、玻璃のような冷たい瞳が物語っていた。だが、信長は去り際、

「なすべきことを考えよ」

もう一度繰り返した。

清洲の城だけではなく、尾張全体が粛として息を潜めていた。兄が弟を手にかける。事情を知っていようといまいと、人々の心中に渦が生まれるのは当然だった。

権六は伸びかけていた髪を再び剃り上げ、朝晩経を上げて信勝の菩提を弔った。ただ一人の弾正忠家となった信長は、尾張最大の敵であった岩倉城の織田伊勢守をついに攻め滅ぼし、これまで多く分立してきた織田家をついに一統した。

第五章　雷光　巨星を撃つ

一

これで尾張にも下社にも静謐が訪れる。

権六は下社城で静かな日々を送りながら、信長の活躍を眩しく見ていた。信秀に託された命を守れなかった悔いと、国内が静けさを取り戻した安堵が入り混じり、心の整理がつかなかった。

「権六さま、たまには槍の稽古でもつけてください」

権六のもとには、惣介や五郎兵衛など、城に詰めている若衆たちが数十人いる。妻はおらず、母も既に世を去っているので城には全くといってよいほど女性の気配がない。城の掃除や炊事洗濯は、城下の女房たちが引き受けてくれている。

「権六さまも嫁を取りなされ。奥向きのことを任せる人がいた方が、先々便がよろしゅうございましょう」

姉のお房や女房たちだけではなく、下社衆の主だった者たちも口を揃えて勧めた。権六もそれは重々わかっていたが、誰かを嫁にして城に入れるという気にはならなかった。

「お筆さんを妻に迎えられませ」

という声には全て聞こえないふりをしていた。

元号は弘治《こうじ》から永禄《えいろく》へと代わり、尾張を取り巻く状況はここしばらくないほどに静かだった。美濃の斎藤義龍は道三を攻め滅ぼした後は国中のことに力を注いでいたし、駿河の今川も尾張へ向けて兵を動かす気配はなかった。鳴海と大高の岡部元信にも今のところ大きな動きはない。

ただ、気になる動きもあった。

下社から南西に二里ほどいった野並に水野雅楽《みずのうた》という土豪がいる。知多の水野氏の流れを汲んではいるが、かなり前に本家から分かれ、あまり交流もない。下社と鳴海のちょうど中間に田地を持ち、数十人ほどの兵を率いて戦に与力してくるので、下社衆の一員と見なされていた。

当主の雅楽は権六よりも十五ほど年上だが、はっきりと織田弾正忠家に従うようになったのは下社の柴田家よりはかなり新しい。権六もそれまであまり付き合いのなかった水野雅楽には多少の遠慮があって、他の下社衆よりは遠い存在に思っている。

永禄二（一五五九）年の春は寒く、雨が少なかった。農繁期に入る前に雨が少ないと、水源が細る。下社をはじめとする尾張東部から三河の国境にかけては丘陵地が多くあって水の便が悪い。

農作業は村や結《ゆい》全体でやるのが当たり前になっている。そうでなければ重い貢租《こうそ》を払うこともできなければ、自分たちの腹を満たすこともできない。

参加するのが当然な作業を故なく怠けることがあれば、厳しい制裁が下されるのが掟《おきて》だった。

確かに、野並あたりは下社と違う川筋から水を引いている田畑もある。権六が信勝に従って稲生の戦いで敗れてしまったために、下社と境を接している村々との間には、微妙な変化が生まれていた。

信秀と信勝の安堵状や制札と、権六の睨みが効いているうちは境も平穏であったが、そのほとんどがなくなったとなると、水利や境目を巡って小さな争いが頻発するようになった。

「それに嫌気がさしておるなら、そのように話してくれればよいものを」

権六は顔をしかめたが、水野雅楽とは親しく話せる間柄を築いていないこともわかっていた。だからこそ直談判を試みようとした。

だが屋敷の門は固く閉ざされ、橋まで落とされている。権六が来ることを見越して、その来訪を拒んでいるのは明らかだった。

とりあえず来訪の意図と、いつでも話をしてほしいという旨を文にして屋敷の中へ放り込むと、落胆しつつ下社城へと向かった。

田畑では野良仕事をしている百姓たちがゆったりと働いている。そのうちの一人がじっと権六を見つめていることに気づいた。

このあたりの百姓は、戦になれば下社衆の与力として戦場で顔を合わせることもある。さすがに権六も全てを覚えているわけではなかったが、百姓たちが自分のことを知っているのは当然のことだった。

権六がこちらを見つめている百姓のもとに近づいていくと、慌てて目を伏せた。そのしぐさで思い出した。

「稲生で共に戦ってくれた者であろう」

権六が言うと、百姓は深く腰を屈《かが》めた。

「また力になってもらうことがあるやもしれんが、その時はよろしく頼む」

そう続けると、今度は急におどおどしたように視線を泳がせた。権六は、畔の途中にある小さな木立のところで休憩しようと腰を下ろし、先ほどの百姓を手招きした。

木立の中に入ると蒸し暑い空気は多少は和らぎ、緑の穂をゆらす風がほんのりと涼しさを運んでくる。手ぬぐいを外して汗を拭きながら、百姓は権六の前に腰を下ろした。

百姓は甚八《じんぱち》と名乗った。姓も何もないから、いわゆる大人百姓ではない。百姓も大きく分けて二つあり、自らの土地を持ち、粗末ながらも自らの武器や甲冑を持っている者と、土地や道具をすべて大人百姓に借りているような貧しい者たちがいる。

甚八はどうやら後者であるようだった。

　痩せこけてはいるが権六と同じくらい体が大きく、そして筋張っている。目は細く、猫背で相変わらずおどおどしている。権六は確信した。

「稲生の時に踏みとどまって戦ってくれた勇者の一人だな」

　それまでおどおどしていた甚八が嬉しそうに表情を輝かせた。

「俺を憶えてい、いる」

「よく戦ってくれた者はやはり心に残る。野並の水野雅楽どののところに暮らしていたとはな」

　あの時は旗印も折れるほどの乱戦の中で、見事な戦いぶりを見せてくれた。そう称えると、甚八は大きな体を折り曲げてポロポロと涙を流した。

「何が悲しい。褒めているのだぞ」

「俺はいつか手柄を立てて立派な侍になりてえんだ。権六さまみたいな立派な侍になりてえんだよ」

「俺はそこまで立派な武人ではないぞ。もしお前にその気があるなら水野どのを介して三郎さまに口添えしてもよいが」

　だが甚八は嬉しそうな顔をしなかった。

「俺は三郎さまがどのような方か知らねえ。陣中でお見かけしたことはあるけど、あのようになりてえと思ったこともねえ。俺がなりてえのは権六さまのような武者なんだ」

顔を真っ赤にして甚八は繰り返した。

「しかしお前は野並の百姓だから俺が勝手に使うわけにはいかぬ」

「だったら俺はここから逃げ出して権六さまのところで働きてえ」

ちょっと様子を聞こうと思っただけなのに、大変なことになった。権六は困惑したが甚八のまっすぐな瞳と物言いを好ましく思ってはいた。

「これからも雅楽どのと俺たちは手を携えて戦うことがあるだろう。その時には是非お前の力を大いに見せて欲しい」

甚八は四つん這《ば》いになって拳を地面に叩きつけ、

「もう権六さまと一緒に戦えねえかもしれねえんだ」

そう言ってまた涙を流した。

二

甚八の話は所々わからぬところもあったが、どうやら今川家の、いや岡部元信の手が野並にまで及んでいるようだった。

「よくぞ申してくれた。もしまた水野どのが尾張に乱を成そうというなら、俺がきっと仕置きしてくれる」

「いやそれも困る」

　甚八は慌てて言った。

「殿さまは貧しい俺に槍や刀をくれたりした。戦では全然褒めてくれねえし意地悪もよくされるけど、やっぱりご恩があるんだ」

「わかった、悪いようにはすまい」

　権六は約束して下社に戻る道中、信長にこれを告げるべきか迷った。雅楽の態度と甚八の言葉だけでは証としては弱い。

　だが、しばらく鳴海と大高の線から出てこなかった今川の有力武将が国境の土豪たちに手を伸ばしているとすれば、それはただならぬ事である。

　権六は一度下社に戻ると、目付役の滝川一益にこのような話があったと報告した。いつも通り表情を変えず聞いていた若者はわかり申したと一言応えただけだった。本人は動く気配を見せないが、影働きの誰かが清洲に報告に上がっているのは間違いなかった。

　清洲から水野雅楽を軽く咎めてもらえたら、としか権六は思っていなかった。だが、信長の行動は苛烈だった。権六が野並から戻って数日後、千を超える兵が清洲から南へと驀《ばく》進《しん》しているのが下社の城から見えた。

「何をなさる気だ……」

信長勢が南へ走る先には野並があり、そして鳴海、大高へと続いている。鳴海城の南はすぐ海、北東は下社などへと続く丘陵地帯、東は黒末川《くろすえがわ》沿いの谷、西は海沿いではよくある質のよくない深田が続いている。

野並は織田軍が鳴海と大高へと攻め込むための要地だ。権六はその意図を悟り、急ぎ南へと走る。だが、権六が見たのは炎を上げて燃えている水野雅楽の屋敷であった。

屋敷は燃えているが、合戦の形跡はない。死体もほとんど転がっておらず、雅楽の一族は素早く逃げおおせたようだった。織田軍の先頭には信長がいる。甲冑もまとわず、合戦というよりは野駆けに出たような軽装だ。

だが、その周囲を固める馬廻衆は磨き上げられた甲冑と、炎光を浴びて輝く大身の槍で武装している。彼らは屋敷が燃え落ちるのを見届けると、風のように北へと戻っていった。

その動きの速さに権六は目を瞠《みは》っていた。稲生の時に感じたそれよりもさらに速い。だが権六はすぐに屋敷の前で立ちすくんでいる大きな影に気付いた。近づいて声をかけると、甚八であった。

「ご、権六さま」

「大事ないか」

「殿さまが野並からおらんようになった」

「そのようだな……」

田畑を見ても百姓たちの家を見ても、焼かれたり荒らされた様子はない。信長もすぐに水野雅楽の代わりとなる者をよこすだろう。だが、甚八は去ろうとする権六の前に膝をついた。

「お、俺を下社に連れていってくだせえ」

「下社に？　しかし……」

「殿さまがいなくなった野並にいても仕方ねえ」

必死な表情を見て、権六はふと木下藤吉郎のことを思い浮かべていた。寄る辺がないわけではないが、これと思う主と巡り会えた時、彼もこのような表情を浮かべて信長に懇願したのだろうか……。

「よし、ついてこい。だが、俺などについても栄達は望めないぞ」

甚八は勇躍して権六の前に立ち、あっという間に下社に向かって走り去った。その背中を見た惣介は、

「あれは強うなりますな」

と感心することしきりだった。

岡部元信と気脈を通じていた野並を落とした信長は、さらに一歩進んで鳴海と大高に付け城を築き始めた。

落とした野並に信長は佐久間信盛を入れた。一度焼き討ちにした館をあっという間に建て直すと、そこを拠点にして四方から人を集め始めた。

多くは人を差し出したが、鳴海砦に近い土豪たちの中には今川の威光を恐れてためらう者も少なくなかった。そして、丸根《まるね》、善照寺《ぜんしょうじ》、鷲津に付け城を築いたのである。

鳴海と大高の間に楔《くさび》を打つように付け城を築くということは、これまで今川家に釘のように刺されていた、知多半島の根元にある要地を取り返そうという意図に他ならない。

織田家にとっては失ったものを取り返すというだけの話かもしれないが、今川家にとっても重臣を城主に据えて決して譲らぬという意を表している。

信秀とは異なり信長は、尾張国外にまで勢力を広げようとあからさまに兵を動かしたことは、これまではない。

三

鳴海と大高の周囲に砦を築くために、下社の者たちも貫高に応じて員数を出した。権六は彼らを束ねて野並へと赴いた。員数を受け取る手引きをしたのは林秀貞で、権六の顔を見るとぎょっとした顔をした。

彼は信勝が二度目の叛乱を企てた際に、彼を唆《そそのか》したという噂が立っていた。秀貞が実際に信勝と謀議をしたとは権六は考えていなかった。もし信勝に勝たせようとするならまず自分に相談があるはずだったし、祭り上げるべき男は蔵人に籠絡されて秀貞の話に耳を傾けるどころではなかっただろう。

「殿は非常に優れたお方だ。お仕えしていて日々厳しくも楽しいぞ」

権六の目をじっと見つめてしみじみ言った。

「すっかり信を得られたようではござらぬか」

「嫌みを申すな」

「褒めておるので」

林秀貞は狐《きつね》のような目をさらに細め言った。

「お主もわしか佐久間の与力になれるよう殿に取り次いでやろうか。いや、勘十郎さまの後見として同格だったわしの下につくなど業腹だろう。だが考えてもみよ。わしは帷幕《いばく》の多くを任されておる。損をすることはないぞ」

権六も、秀貞には己にない力があることなどよく承知している。もしかしたら、権六から見ても危ういところのあった信勝が一度は許され、二度目の蜂起寸前までいけたのは、途中までとはいえ、秀貞の助けがあったからではないか。

「殿はな、かつて敵として刃を向けていた者であっても、忠誠を誓い、駒として使えると判断なされれば重用してくださる」

秀貞の言葉には熱がこもっていた。普段は何を考えているのか他人に読み取らせない老《ろう》狐《こ》のような男が、少年のように信長の魅力を語り続けるのだ。

「ああ、ちょっとしゃべり過ぎたな」

秀貞は我に返り、照れくさそうに咳払《せきばら》いをした。

「だが、鳴海と大高に付け城を築いて駿河が黙っておるかどうか」

権六が言うと、秀貞はそれには答えず下社の員数を記して奉行に引き渡させた。そして下社の衆が周囲にいなくなってから、あらためて野並に再建された屋敷の一室に権六を招き入れた。

「俺は新五郎どのの下には……」

「そうではない。先ほどの話だ」

「先ほどの？」

「鳴海と大高に付け城を築けば今川が出てくるという話だ。もちろん殿は駿河が黙っているとは思っておられぬ。だがな、鳴海と大高は元々我ら尾張に属していたものだ。山口左馬助どもが寝返ったばかりにあの二城が今川の手に落ちた。尾張と三河の間に平穏を取り戻すには、二城を返してもらうしかない」

「そのような求めを、はたして駿河がのむかどうか」

「そこで権六の力がいる」

秀貞はずいと膝を進めた。

「お主は向こうの朝比奈泰能と付き合いがあるそうだな」

そんなことまで知っているのか、と権六は気味が悪くなった。

四

ただ、人目についていないわけではない。一度目はこっそり下社を訪れてきていたが、二度目は津島の港で顔を合わせている。偶然なのかそうでないのかはわからないが。

「領内の力ある将がどのような付き合いを持っているか知るのは当然のことであろう？」

「新五郎どのは油断も隙もない」

「殿のご指示よ。だが、尾張が一つになり四方の大勢力と五分にやりあうとなれば、こちらから調略を仕掛けることもあるしその逆もある。相手から見て手駒になりそうな者が付き合う相手に気を配って損はない」

信長に一の家老を任されていながら、その弟を担ごうとした男はしゃあしゃあと言ってのけた。

「で、俺が朝比奈どのと付き合いがあったら、どうせいと申す。まさか今川を裏切って織田につけと調略をかけるのか」

まさか、と秀貞は手を振った。

「今川から寝返って織田につくなど、阿呆《あほう》のすることだろう」

「新五郎どのは遠慮もない」

「相手を大きく見過ぎてはいけないが、侮ってもいけない。国力と立場を考えたら、朝比奈が動くわけがない。だが、国力と立場を考えればこそ、今の尾張と事を構えることは損だとわからせるだけでいい」

この時、鳴海城と大高城には岡部元信という勇将が入っていたものの、その先の刈谷には織田信秀と同盟を結んでいた水野信元と、今川家に完全に従属している岡崎城の松平《まつだいら》元康《もとやす》がいる。

「万が一今川が攻め寄せてくるようなことがあれば、刈谷の水野どのはどう動くのか、それが読めぬ」

「三郎さまに大きなご恩があるというのにか」

先年、今川方が刈谷に攻め寄せた際に、村木砦の戦いで信長は今川方を撃退し、それ以来信元は織田家に深い恩義を感じていると言われていた。

「それ以上に、岡崎の松平とは深い繋がりがある」

刈谷水野氏は松平元康の生母、於大《おだい》の方を出している。信元が織田家についてしまったために、元康の父である広忠《ひろただ》は妻を離縁しなければならなかった。夫婦仲については権六も噂でも聞いたことはないが、幼くして別れなければならなかった元康の母への情は想像がつく。

「松平が先鋒として攻めてくると、水野勢が手心を加えるか、戦に加わらぬ恐れがある」

権六は思わず唸った。

「少しでも刈谷の線で敵の兵力を削がぬと後がきつい」

「ただでさえ鳴海と大高の線を押さえられているから、知多勢はうまく立ち回れまい」

「わかった」

権六は頷いた。各城の主だった者たちの間で自由に動けるのは自分だ。

「朝比奈どのとは連絡がつくだろうから、一度談判に行ってくる」

「それは助かる。では質を置いていってくれぬか」

何、と権六は目を剝いた。

「俺が寝返るとでも思っておられるのか」

「人の心はどうなるかわからぬからな。権六ほど聡い男なら、駿河が全力を挙げて攻め寄せてきたら尾張がどうなるかわかるだろう」

「新五郎どの、そなたは……」

「お主は気持ちのよい男だが、気持ちのよさだけをつきつめていくと最後は死ぬしかなくなるぞ。汚く見えようが安寧を得られる道をゆけ」

良いことを言っている風だが、秀貞が口にしているのはあからさまな脅迫であった。どれだけ誠実であると口にしていても、証がなければ信用してもらえない。

それが一度刃を向けた者たちが背負わなければならない定めだ。

「そなたはどうなのだ。新五郎どのも三郎さまに質を差し出しておるのか」

当然だと言わんばかりに秀貞は頷いた。

「わしなど勘十郎さまを唆したと噂されるほどなのだぞ。これほどまでに重用されるためには、最も大切な肉親を差し出さないと信用されるわけがなかろう」

そこに不満の表情はなかったが、微かに秀貞の気配に変化が生じた。

「何のわだかまりもなく、信秀さまにお仕えしておった頃の静かな暮らしに戻れると思ったら、それは間違いだ。尾張は既に三郎さまという新たな主を得て、その指図に従わなければ安寧も静謐もないことを理解せねばならぬ。殿が今川と事を構えるというのであれば、全力でお支えしなければならない。それが身上が大きくなるということだ。付き従う先、戦う相手も大きくなるのだ。これまでのようにぬるい働きをしていたのでは、こちらが飲み込まれてしまう」

一気に話し終えた秀貞の細い目には、怯えにも似た感情が浮かんでいた。

下社に帰った権六は、すぐさま朝比奈泰能に向けて書状を認《したた》めた。お話ししたいことがあるので一度そちらを訪れてよいか、そう記した。

交渉事は使者を立てて添え状を持たせ、その使者に委細を話させるのが常であったが、権六は直接会いたい旨を綴った。それは自身が別の誰かの、つまり主筋である信長の意図を代表しているという意味である。

数日を経ずして朝比奈泰能が下社に現れた。

以前と同じく、僧形で粗末な法衣を纏い、小僧を数人連れたのみだ。今川家の重臣ではあるが身軽ないでたちであった。

「誰にでもこのように会いに来るわけではござらぬ」

朝比奈泰能は真面目くさった顔で権六に言った。確かに、今にも戦が始まろうかという時に、敵国の将に丸腰に近い形で会いに来るとは只事ではない。

朝比奈のこの自信と威厳に満ちた佇まいの源泉は、東海三国を支配する今川家の家臣であるという自信だけではない。この男が武将として持っている人並外れた強さからにじみ出るものでもある。このような男が駿河には何人もいる。

「我らの側についていただけるのかと思っていたが、そうではないようですな」

落胆とも怒りとも違う、重厚な無表情の下に隠した本心は計り知れない。

「尾張としては駿河大納言さまと事を構える気はございませぬ」

権六はそう切り出した。

「それは織田弾正忠さまのご意向と考えてよろしいか」

「さよう思っていただいて差し支えありません」

だが、朝比奈は僅かに眉をひそめたのみだった。

「権六どのは織田家の重臣であるが、弾正忠さまに直接お仕えしているわけではあるまい」

「俺の元に朝比奈どのが来ていることをご存知の上で、この役をおおせつけられた」

泰能は権六を交渉相手としてよいのか推し測っているように見えた。

「権六どのが織田家の意向を受けているのは承知した。だが、鳴海と大高の間に砦を築いておいて事を構える気はないという言葉に、信を措けるわけはなかろう」

ですが、と権六は落ち着いて返した。

「元々鳴海を治めていた山口左馬助は織田家の指図に従っていた者。織田家は三郎さまが跡を取られてから、三河の方に大きく兵を出すようなことはされておらぬ。それに比べて駿河さまは、鳴海と大高の城に岡部丹波守どのを入れて堀を深くして兵を増やし、まるで尾張国を望もうとするかのような勢い。これでは我が国の者たちは安んじて眠ることもできませぬ。砦を築いたのはあくまでも危うきことが起こらぬようにするためで、事を構えようとしていると勘繰られるのは筋が違う」

「鳴海と大高はあくまでも今川家が山口どのから受け継いだものである」

権六は朝比奈泰能の口調から、尾張に打ち込んだ楔を抜く気はないのではないかと考えた。鳴海城を今川に明け渡した山口教継が駿河の調略にあっていたことは間違いないだろうが、調略で落とした城を返せと言われて頷けないのも当然だ。

だが、相手の立場はどうでもよい。

「ここで岡部どのが鳴海と大高から兵を引かれれば、かつてのように三河を狭間《はざま》として駿遠と尾張の間には静謐が訪れます」

「その静謐を最初に崩したのはどなただ。そちらであろう」

朝比奈の口調には厳しさが加わり始めていた。

「織田家が尾張一円を一統した後、弾正忠どのはどうされるおつもりであろうかの。父君は尾張の半ばも押さえぬうちから東へ兵を進め、小豆坂の敗戦でようやく己の愚を悟られたが、息子の三郎どのが同じことをなされぬと言い切れるのか」

皮肉を言っている口調ではなかった。

「三郎さまが求めておられるのは、尾張一円の静謐です。駿河さまと我らの力を比べていただきたい。蟷螂《とうろう》がわざわざ斧を振りかざして向かっていくとでも」

「それをやるのが織田弾正忠親子ではないかと我が殿は危惧しておられる。我らが鳴海と大高を押さえているのは、織田の動きを制するためであって、尾張を分国にしようと考えてのことではない」

権六は内心ぎくりとした。

駿遠の二ヶ国を掌握して三河を従属させ、背後の北条と武田の間で強い結びつきを得た今川家が万全の態勢で手を伸ばせるのは尾張だ。鳴海と大高に岡部元信を入れたのは信長を挑発するためであろうと、今川軍本隊のための出城であろうと、どちらでもよい。

「では、こういう案はいかがでしょうか」

権六は鳴海と大高の返還と、善照寺砦などの破却を同時に行う。三河と尾張の線は今川も織田も侵さない、という約を結ぶ。

「なるほど」

朝比奈泰能は考慮する様子を見せた。

「では一度駿府へ戻り、殿へ申し上げてまいる。此度は権六どのを通じて弾正忠どのの内意をうかがった形となる。いずれ清洲へ使いをお送りするから、それまではこちらが疑念を抱くような行いは控えていただきたい。そのように弾正忠さまにも申し上げてくれ」

朝比奈泰能は言い終えて、ふっと緊張を緩めた。

「権六どのはもう少し目端が利く方かと思っておったが」

「利いたところで、大それたことはできませぬ」

まだ誘おうとしているようだ。

「下社が我らについてくれれば、東海はさらに安らかになろう」

そうなれば、下社は織田と今川の合戦場となる。そんなことは受け入れるわけにはいかない。下社が寝返ってただ黙って許す信長とも思えない。

「最後まで我らはお待ちしておりますぞ」

泰能は表情に余裕を浮かべて去った。

五

朝比奈泰能が去った後、権六は今川の意図するものが何であるかを考えた。鳴海と大高を譲る気はなかろうし、尾張と事を構える気がないということも信用していない。戦を避けたいのは同じと言ってはいるが、付け城を破却しない限りは下がらないだろうし、破却したとしても岡部元信が退くことはないだろう。

権六はそれでも、これ以上戦にならぬよう手立てを講じるべきだと考えた。もし鳴海のあたりが戦場になれば、下社も無事では済まぬかもしれない。

「惣介、急ぎ清洲へ使いしてくれ。新五郎どのにこの書状を」

林秀貞に会談の顚末《てんまつ》を記した書状を託すと、お筆のもとを訪ねた。

「権六さまは何か騒動が起きそうになると顔を見せてくださるのですね」

近くにいるのに、最近顔を出していなかった。

「すまぬ……。しばらく京見物はできそうにない」

「権六さまが旅の暇《いとま》もないほどお忙しいのであれば、私は満足です」

すっきりと通った鼻筋が、庵の障子越しに差し込んでくる陽射しを受けて美しい陰影を作り上げている。古刹《こさつ》の観音像のような気品と、触れてみたいと思わせる蠱惑《こわく》の媚《こび》が共にそこにある。

でも、やはり触れることはできない。

「戦になるのでしょうか」

「わからぬ」

「でも私の顔を見に来てくださったということは、騒動が近いのですね」

そうかもしれない。戦の前の昂りを、別の昂りによって抑えようとしている。少年のような己の心のありようがおかしかった。

「権六さまの笑みは可愛らしい」

「……つまらぬことを申すな」

だがお筆は権六が怖い顔をしても怯まない。かえって少女のようにころころと笑ってみせるのだ。この娘がいるところで戦をさせるわけにはいかない。

「もし戦になったら……」

誰を頼らせようか。頭の中に信長、林秀貞、明智十兵衛、木下藤吉郎、さらには朝比奈泰能の顔すら浮かんだ。

「何があろうとここにおります」

「しかし……」

「権六さまがきっと守ってくださいますので」

ため息をついて頷いた。お筆がそう願うならそうするまでだ。いざとなれば背負ってでも、どこへなりと逃げたいものだ。権六はそうしたいと願ってもできないことをわかっていた。下社の者たちの命と土地を守るのは己しかいない。

その時、庵の中で鈴が鳴った。以前にはなかった仕掛けだ。

「権六さまがここにおられる時、惣介さんや五郎兵衛さんが呼びに来たら、鳴らしてもらおうと」

「何故そんなことを」

「せっかく来てくださっても、いつも外のことを気にかけておられるから」

「それはすまぬな」

「ですから、権六さまに用のある方には鈴を鳴らして呼んでいただきます。それまでは私から気を逸らすことなく物語りしたり遊んだりいたしましょう」

恐ろしいほどに無垢《むく》で、腰のあたりに震えを感じるほどに妖艶だった。戦場で兵の四肢や首が飛ぼうと動かぬ心が、この娘の前ではたやすく揺れる。

「ともかく、鈴が鳴ったから俺は戻る」

「戦まではまだかかりそうですか」

「そうだな。戦にならぬかもしれぬし。できればそのほうがよい」

戦になれば誰かが傷つき、死ぬのだ。そうなれば働き手が減る。戦の勝ちによって知行が増えたりするのは格と禄の高い将だけの話で、百姓の身でかりだされる者たちの多くは戦で得などしないのだ。

六

坂を下りると、惣介が青い顔をして待っていた。

「良くないことがあったようだな」

「顔に出てしまいましたか」

恥じたように惣介は頬をこすった。

「どうやら駿府に大軍勢が集められているようです」

「大軍勢とはいかほどか」

「噂では五万騎とも」

「さすがに大げさだろうな」

実際に集められているのはその半分ほどだろうと権六は考えていたが、それでも信長が集められる軍勢の数倍はある。相模《さがみ》の北条や甲斐《かい》の武田とは同盟関係にあるから、背後を衝かれる心配もまずない。

「ほぼ全力でこちらに向かうつもりか」

朝比奈泰能がうっかりこぼした「分国」という言葉が頭をよぎった。一国を押さえた者を三国の主が蹂躙《じゅうりん》する。これまで京では数万の軍勢が対峙《たいじ》する大乱もあった。さらに大昔には、何十万という軍勢が海の向こうから攻め寄せてきたこともあると聞く。

だが権六が知る戦は、双方千を数えれば大戦なのだ。

「殿はいかがなされておる」

「特に大きな動きはありません」

永禄三（一五六〇）年、五月に入って梅雨の悪天はあまり続かず、真夏のような暑さが尾張一円を覆い始めていた。そして下社城にもちょっとした異変があった。

「滝川彦右衛門が？」

城の横目役として清洲から派されていた滝川一益が、いつの間にか姿を消していた。

「女でもできたのではないか」

佐久間盛重は暢気《のんき》に言ったが、権六は全くそうは思わなかった。若いが一分の隙もないあの男が、気を抜くようなことをするはずがない。

「権六は固いのう」

「そなたが緩いのだ。ともかく、横目役がいなくなったとあっては下社衆と俺が痛くもない腹を探られる。すぐさま清洲に人をやって彦右衛門がいなくなった旨を報《しら》せておこう」

下社の周囲の土豪や地侍たちが次々と城にやってくる。駿府に大軍が集結しているのは噂でしかなかったが、そのような噂は猛烈な速さで四方へと広がっていく。

五歳の童ですら駿河さまの軍勢がやってくると騒ぐ始末だった。

「末森衆はどうしている」

「鳴りを潜めている」

津々木蔵人をはじめとする信勝の側近く仕えていた者たちは、まだ旧主への忠誠を失っていないと言われていた。他の地域の者たちも、最近まで信長に敵対していた国衆たちは、今川の大軍を前にしてどう動くのか、明らかではなかった。

「下社衆はどうする」

佐久間盛重は心配そうに訊ねた。佐久間の一族は強く感情豊かだがどこか朴訥《ぼくとつ》としていて、答えづらいことを直截《ちょくせつ》に口にすることがある。

「信秀さまに託されたのは尾張の安寧と静謐だ」

「それは殿、織田弾正忠家に尽くすということだな」

「……ああ。ただ、殿が俺たちを必要となさるかどうか、だな」

尾張と三河の国境には日に日に張り詰めた空気が満ちてきていた。清洲から国中の国衆と土豪たちに陣触れの使いが送られた。だが、やはりそのうちの全てが応じたわけではない。

　信長への忠誠が試される時が至っても、動きがとれない、とらない者が多くいた。そして下社にはそもそも兵や人夫を出せという命令すら来なかった。

「侮られている」

　怒る者もいたが、権六は自分たちがそれほどに信用されていないのだと実感するほかなかった。ただ、戦が始まれば百姓たちは全て城に集まるよう話しておいた。

「総籠りですか」

　城下全てが戦場になる場合、老いも若きも全て城に収めて戦いに備えることを総籠りと言う。田畑も村もぼろぼろに荒らされてしまうので最後の手段ではあるが、人手さえあれば何とかそれらを作り直すことができる。

「それほどの戦になるということですか」

　惣介の表情には緊張が浮かんでいた。

「このあたりも無事ではいられまい」

　五万か二万かはわからないが、落ち武者を民が狩るように、荒くれた兵たちも民を狩る。寺社も土豪たちも勝利を得た者に乱暴狼藉の禁制を争うように求めるのは、少しでも被害を抑えるためだ。

「形勢を見るということですか」

信長は尾張を一統したとはいえ、まだ国中の心を一つにまとめているとは言い難い。駿河大納言として東海最強の名をほしいままにしている今川義元とは、あまりにも力量に差がある。

だが、権六は朝比奈泰能から度々誘いを受けても、鳴海の山口一族のように今川家につく気にはなれなかった。山口教継は駿府で謀殺されている。

「尾張の者が厚遇されるとも思えない」

どう考えても信長は負ける。鳴海と大高の線を守るために、脅す意味で兵を動かしているのであれば、それほどの戦にはならない。実際、戦は皆殺しの乱戦をすることの方が珍しい。

ただ、信長はこれまで権六が見てきた戦とは違った戦い方をする。従来は、矢戦をして互いの勢いを示し、優劣がはっきりしたところで双方が退く。父である信秀も激しい戦いに踏み込むことはあったが、信長はより苛烈に戦うことがあった。

国衆たちが味方しなくとも、彼が家督を継ぐ前から養ってきた旗本、馬廻衆がとてつもない強さを発揮する。その様を、権六は実際に見ている。やがて下社を訪れた商人の一人から、岡崎城に三河衆が集結しているとの報がもたらされた。

「先陣は岡崎松平か」

松平次郎三郎《じろうさぶろう》元康という若者がどれほどの器量なのか、権六も周囲の誰もわからなかった。父の広忠は若くして家督を継ぎ、三河一円を傘下に収めて一万の兵を動かすに至った。だが、齢《よわい》二十四で家臣に斬られて死んでいる。

その子の元康は人質として駿府に送られる途上、戸田氏の兵によって拉致されて尾張にしばらく逗留《とうりゅう》している。聡明な童であったという話は伝え聞くが、それ以上のことは権六の耳には入っていない。

ただ、二万を超える今川軍に加え、精強で知られる三河衆の先鋒が尾張へ向けられるとなると、その恐怖は倍加した。しかも、刈谷の水野は元康と伯父甥の関係だ。

これまでこつこつと田畑を保ってきた下社の穏やかな風景が、三河と駿遠の軍勢に蹂躙される様を思い浮かべ、権六は身が縮む思いだった。

「権六さまは泰然とされておられますなあ」

周囲の者が言うので、権六は、そうは見えていないことに安堵した。

「戦は鳴海の砦近くで始まるだろう」

「殿は遠くから打って出られるのでは」

稲生の時は戦機と見るや速戦を仕掛けてきた。

「相手は二万だぞ」

「ですが総大将は一人ですぞ」

声のした方を見ると、蜂屋《はちや》兵庫《ひょうご》頼隆《よりたか》がのんびりした顔で言った。権六とお筆が美濃から尾張へ帰る途上、賊から救い出した侍だった。道三の残党に従って敗北し、妻子を殺されて自らも捕えられたところで、権六に出会った。

傷は深かったが、一年以上かけてそれを治し、ようやく権六に帯同できるまでに回復した。

「どれだけ図体の大きな熊でも、頭を落とせば動きが止まります」

鬼神のような顔をしていたのが嘘のように、穏やかな物言いをする。

「簡単に申すが、図体の大きな熊の首に近付くのが難儀なのだ。あちらには牙も爪もあるのだぞ。それに比べてこちらは丸腰のようなものだ」

「丸腰の猟師でも熊を得る方法があるではないですか」

「罠を仕掛けろというのか……」

だが、東海最強の軍勢のどこに罠を仕掛ければいいというのか。

「獣を狩る者は、獣を罠へと追い込むことから始めます。山の中においては、獣は人よりも強く賢い。やつらには敬意をもって接せねばなりません」

これまで権六や惣介のすることをただ穏やかに見ていることの多かった蜂屋兵庫にしては、言葉に熱がこもっていた。

「何か策があるのか」

蜂屋兵庫は眉尻を下げたのんびりした表情に戻っていた。

七

今川の軍勢が西に向かって動き出しても、信長は目立った動きを見せなかった。見せないのではなく、見せられないのだ。国を束ねているとはいっても、それ以上に大きな力が迫れば皆後のことを考える。

権六は蜂屋兵庫の策を聞き、なるほどと膝を打った。

「だが、そう易々とこちらの思う通りに動いてくれるだろうか」

「しくじることを考えて罠を仕掛ける猟師はおりませぬよ」

兵庫は飄々《ひょうひょう》と答えた。

権六と兵庫は馬を走らせ、知多半島を一路南へと下っていた。

「しかし、久松《ひさまつ》どのを動かすことになるとは」

「動かれるかどうかは権六さまの談判にかかっております」

知多は豊かな三河の平野部や濃尾の沃野に比べるとかなり貧しい地域であった。東海と近畿を隔てる要地、常滑《とこなめ》の港はあるものの、水が足りないのは下社以上で、多くの民と兵を養うことはできない。

だがそこの過半を支配する水野信元と有力な国衆の一つである久松家の力は侮ることのできないもので、信秀も信長も当然手厚く遇していた。

「松平次郎三郎どのは知多と浅からぬ縁があります」

母の於大の方は知多水野家の出であり、離縁された後は久松長家《ながいえ》の妻となっている。兵庫は、岡崎の松平家を味方に引き入れることができれば、今川家の勢いを削ぐことができるはずだ、と言うのだ。

「この先は賭けですな」

兵庫は声を一段落とした。

「殿が尾張へと連れてこられた次郎三郎さまと親しかったというのは、どの程度のものなのだ」

元康が留め置かれた熱田の国衆の屋敷を、信長は何度も訪れていたという。虜囚のような扱いではなく、客人として遇せよと屋敷の主に厳命したとの噂もあるが、確たることはわからない。

もう一つ手掛かりになるのは、元康の祖父である清康《きよやす》が守山《もりやま》崩れという事件で命を落としてから、今川家に完全に組み敷かれることになった三河のありようだ。

今川義元は松平家を粗略に扱っているわけではなさそうだが、今川家の意向に添わぬことはできない。元康の父、広忠は、知多水野家が織田家と結んだことを受けて於大の方を離縁したが、そのことについて元康がどう考えているか。

「もしこの一挙で尾張が今川の分国になるようなことがあれば、当然織田家と結んでいる知多の者たちも無事では済むまい」

戦に勝てば褒賞が必要だ。それは新たに手に入れた土地から与えることになる。それまで営々と守り続けてきた土地が、他の誰かの物になるのだ。

緊迫する鳴海と大高の両城を西に見ながら数里ほど進んだ先に、久松長家の城がある。

知多では山間に畑を開いている地が多い。水に恵まれず、水田よりも畑作の方がさかんだ。稗《ひえ》や粟《あわ》の姿も目立ち、小さなため池があちこちに掘られてあった。下社の周りも決して豊かとは言えないが、それ以上に農家の作りも粗末だ。

「城の構えもみすぼらしいものですな。将兵の具足の質も知れたものでしょう」

蜂屋兵庫はあたりを見回して言う。

「久松どのを頼るべきと俺に勧めたわりにはひどい言い草だな」

「城と具足が粗末だから兵が弱く将が愚かだとは限りませんよ」

権六はその時、異様な気配に気づいた。

「囲まれている……」

色濃い緑の中から無数の鏃がこちらを狙っている。権六は臆せず、下社の柴田であると堂々と名乗った。城門に開いた穴から目が覗き、やがて軋みを上げて門が開く。

「権六か。久しいな」

出てきたのは骸骨を煮しめたような黒く痩せた男だった。しかも背丈は権六の半分ほどしかない。飢えて命を落とす寸前の童のようだが、顎の下にひょろりと長い鬚が一束伸びていて、成人していることを示している。

「そうだな。小豆坂以来か。あの時は見事な戦いぶりを見せていただいた」

信秀に従って今川と激戦を繰り広げた際に、久松勢は後詰として参陣していた。尾張の面々には粗末な具足に身を包んだ知多勢を嗤《わら》う者もいたが、信秀の本体が崩れそうになった時に見事な矢筋で追手を次々と屠《ほふ》り、見る目を一新させた。

「強かろうが弱かろうが急所を射れば死ぬのでな」

しゃあしゃあと申す様が、この地に行くよう促してくれた蜂屋兵庫に似ていた。

「で、駿府とのことかの」

「殿から陣触れは来ておるか」

「来ておるとも。ここを堅く守って常滑に今川勢が進まぬようしておいてくれ、とのことだ」

もし常滑を落とされて海を押さえられると、尾張は腹背に敵を迎えることになる。美濃斎藤とも険悪な中、信長がそう指示するのも納得ではあった。

「我らに大高まで出て欲しい、となる」

長家は鬚を捻った。

「今川の正面にわしらを当てるのは、いくら何でも酷ではないか」

「さようなことは望んでおらぬ」

権六は、三河の松平勢が先鋒として鳴海か大高に入ると考えていた。三河の主力があの二城に入ってしまうと、戦の趨勢《すうせい》はもはや定まってしまう。

「それを食い止めろ、と？」

「できるのは久松どのしかおらぬ」

松平元康の母は長家の妻である。彼にとって元康は、義理の筋とはいえ息子ともいえる。どじょうのような長家の表情が、揺らいだ。

「もし織田が崩れれば、知多は今川のものになるだろう。我らは水野どのと歩を合わせ、織田家に長年ついてきた。駿河どのにとっては我らは虫けらのように小さいだろうから、除くのにためらうことはなかろう。しかし……」

長家はぐっと身を乗り出して権六を見つめた。

「弾正忠さまは本気で今川とやり合うおつもりなのか」

「俺は殿と親しく話せる間柄ではないが、岡部の籠る鳴海と大高に付け城を築いたからには、ただでは済まぬことはおわかりだろう。だが、殿はあくまで尾張を一統されたいだけで三河や駿遠に野望を抱いておられるわけではない」

「なるほど、鼻っ柱を一撃してそこで痛み分けまで持っていきたいというわけだな」

「それが我ら地付きの者たちにとって一番の幸いだ。戦をあまり大きくして欲しくはない」

「同感だ」

長家は立ち上がると、奥へと大きな声で呼ばわった。しばらくすると、一人の小柄な女性が目を伏せ、広間の縁に膝をついた。

八

「権六、こちらが妻の於大だ」

知多の女性は全体的に小柄だが、於大の方はさらにこぢんまりとしていて、それでいて芯《しん》のある女性だった。

「私は表向きのことに関わり合うつもりはございません」

権六が口を開く前に於大の方がきっぱりとそう言った。確かに微妙な立場にいることはよく分かっている。彼女がもし表に立って差し出がましいことをすれば、久松家だけでなく水野家そして松平家にも大きな影響が出る。だがそれは裏を返すと、彼女の力によってこのあたりの情勢を変え得るということだ。

「竹千代《たけちよ》は……いえ、次郎三郎どのは」

於大は元康を幼名で呼んでから、言い直した。

「肉親の情で己のすべきことを見誤るようなお方ではありません」

「己のすべきこと、とは？」

「三河一円、お味方してくださる衆の安寧を守ることです」

そこです、と権六は膝を進めた。

「わが殿は今川軍が尾張に入れば、虎のように戦われよう」

「尾張の兵は三河や駿河の衆に比べれば、強くありませぬ。歴戦の駿河衆、比類なき粘りを持つ三河衆の前に勝利を得ることは難しゅうございます」

聡い女性だ、と権六は内心舌を巻いた。

「ですが、尾張の侍たちも己の地を守るとなれば虎となって戦いましょう」

於大はじっと権六を見つめた。

「私は下社で小さな城を預かっている。知多と同じく、山がちで水に恵まれない地です。それでも、累代ここを守ってきた。父祖の血も涙も、そして肉と骨も全て下社の土となっております」

それは松平も久松も変わらなかった。長家は片膝を立て、田舎の土豪らしい行儀の悪さで庭を見ている。庭も湿気を得るための池が一つ掘ってあるのみで、庭木らしい庭木もない。厩から数頭の馬が鼻を鳴らす声が聞こえた。

「私にできることは限られております」

於大は目を伏せたが、権六は拳をつき、願い続けた。

「尾張のことは尾張に、三河のことは三河に、そうできればそれ以上のことは望みませぬ。もし松平次郎三郎さまが同じように思っておられるのであれば、今川の鋭鋒《えいほう》を鈍らせることにご助力賜りたいとお口添えを」

「そこまでにしてやってはくれまいか」

久松長家は庭から権六に視線を戻していた。

「知多の力ある者の家に生まれ、家のために三河に嫁《い》き、その家を生かすために離縁され、また知多の平穏のためにわしに嫁いだ。それだけでも十分な働きと申せぬか。この小さな肩にあまり重荷を乗せないでやってくれ」

そう言われると権六も返す言葉がない。

「一大事の前とはいえ、ぶしつけなことを申しました」

そう頭を下げ、城を辞去した。

知多半島は尾張の平野部よりも山がちで、権六にとっては親しみやすい景色だ。田畑に頼って生きる者たちにとって水は生命線である。尾張東部から知多半島にかけて延々と続く緑のうねりを見ながら、同じ辛苦を背負っている者として彼らが織田についてくれているのはありがたいことだった。

だが、於大の方と言葉を交わしてみれば、三河衆もまた尾張の者たちと変わらない。高針の高地の向こうにはよそ者が暮らす異界があるわけではない。ただ、こちらに味方をしてもらうにはあまりに弱い繋がりだった。

信秀は今川のごとくならんと望んで三河に侵攻したと思われても仕方ない。今はともかく、織田と今川が泥沼の戦になることで三河と知多が大いに迷惑することを、松平元康が已のことと同様に思ってくれるかどうか、であった。

「我らの心は通じたと思いますが、実際に動いてくださるかどうかはわかりませんな」

蜂屋兵庫はさして落胆していないようだった。

「戦の落としどころは於大さまが動かれなくとも大方は定まっているでしょうから」

「その割には熱心に俺に勧めたではないか」

「殿には強くいていただかないと困るのです。道三さまが見込んだ殿だからこそ、道三さまの願いをかなえ、その恨みを晴らすことができる。そのためにはわずかな望みにも賭けるのです」

権六は、兵庫が斎藤道三に長く付き従っていたことを思い出した。そして、落ち延びる際に家族の多くを失っている。

「さて、今度は我らがいかがするかだな」

下社衆には結局陣触れはこなかった。末森衆と共に兵は出さない。だが、鳴海と大高に近いことには変わりはない。

「何も命じられておらぬ以上、殿に従って我らの地を守る。その策を尽くすのみだ」

権六は下社衆に戦の備えだけをさせて、その時を待った。東から来る者はいなくなり、国境の村々には重苦しい沈黙がのしかかり始めた。戦になれば田畑も百姓たちも大いに迷惑を被る。戦になれば働き手の命も家財も失う恐れがある。下社だけはとも思うが、土地を領する者であれば誰もが同じ気持ちだろう。

下社城の周囲にも張り詰めた気配が満ちている。東から数万の足音が大地をどよもして来襲するかもしれないのだ。

だが、東からの噂は刻ごとに城に飛び込んでくるのに、清洲からは何も伝わってこない。国衆たちに陣触れがあり、それに応じた者は清洲から熱田の間に集まっているというが、信長の下知はここ数日ないという。

「嘘だろう」

権六は何の下知もないという噂こそが何かの策略だと思った。下社に入ってくる話をまとめると、今川軍の主力は既に三河に入り、松平勢は岡崎を進発したという。

「殿は何を考えておられる」

権六は自ら清洲に乗り込んで胸倉を摑みたい気分だった。父から受け継ぎ、あれほどの器量を発揮してようやく一統を成し遂げた。その尾張をみすみす捨てるというのか。

信秀から織田家を託された一人として座視はできない。

「惣介、五郎兵衛、兵庫、俺たちも出るぞ」

「出るって……いずこへ？」

「三河衆がこちらへ来る。止めにかかるぞ」

「しかし殿の軍勢は」

「殿が来られないから行くのだ！」

今すぐ動ける下社衆の騎馬は二十騎ほどで、全て権六自身の馬廻衆だ。権六を中心に一団となり、一路南を目指した。鳴海と大高を隔てるように丸根と鷲津の両砦が築かれている。今川方の先鋒がまず潰しにかかるのは、二城の連携を阻むこの両砦だ。

「ここが戦場になるはず」

もはや相手が何人ということは考えなかった。

街道を進んでくる軍勢は一頭の蛇でしかない、と権六は考えていた。どれだけ体が大きかろうと、頭を潰せば動きは止まる。

「惣介、お前は残れ」

出陣を前に気を引き締めていた権六の一の近習は、怒りを隠さなかった。

「大敵と戦うのに俺の腕では不足ですか」

「そうではない。俺が倒れたらもはや下社を守れる者はおらぬ。戦がどちらに転ぼうとも、皆の安寧を保つのだ」

「しかし……」

権六は惣介の肩を摑み、瞳を覗き込んだ。

「お前は毛受家の血筋の者だ。柴田が価値を失ったとしても、かつて美濃と尾張に名を馳せた毛受家の名は必ず役に立つ。名とはそういうものだ。後は……」

「……お筆さんのことですね」

「そうだ。お前にしか頼めぬ」

「権六さまにさよう申されれば断れるわけがない。ですが、下社は権六さまがいなければまとまれませんよ。そのことをお忘れなきよう」

頷いた権六はお筆のいる丘を一度見上げ、馬腹を蹴った。

九

空に星はなく、厚い雲が垂れ込めていた。黎明《れいめい》に爽やかさはなく、湿った気配の中に蚊が無数に飛んで兵たちを苛立たせている。権六は蚊を気にすることなく、大高と鳴海の間めがけて馬を飛ばす。

汗に蒸れた甲冑からの臭いが気になるのははじめのうちだけだ。命のやり取りが近くなると、感覚は鋭くなるのにそれらに対する好悪《こうお》はなくなっていく。

鳴海と大高を結ぶ線から西側はすぐ海になっており、大潮の際は城のすぐ近くまで波が寄せてくる。尾張中心部からは野並を経る北からの道しかない。逆に、その道を今川に抜かれると、大軍勢が尾張の平野に満ちることになってしまう。

二城に楔を打つ砦の一つ、丸根砦には、権六も親しい佐久間大学允盛重が入っていた。その兵力は数百に満たないが、落とされるわけにはいかない。権六は大学允を助けるために砦へ入ろうと考えていた。

だが、東から猛然と進んでくる一隊がある。下社衆は二百ほどに数を増していたが、それに数倍する黒鎧《よろい》の一団だ。

「金扇の馬印……松平次郎三郎さまの軍勢と見えます」

於大の方からの働きかけはなかったか、それとも功を奏さなかったとみえた。このあたりは丘陵のような山と深い谷、そして馬も沈むような泥田が街道を挟んでいる。権六は麾下に馬から下りるよう命じ、木立の間に入らせた。

蚊が多いな、と鼻の穴に入った蚊を吹き飛ばしながら闇を凝視した。東の山の端が白み、朝日が闇を払い始めている。松平勢が大高城に近付いても、鷲津と丸根の砦は動きを見せない。

「殿から援軍はまいっておらぬか」

砦の真下を通る敵に矢も射かけないのは、勇猛な佐久間大学允にしてはあり得ないことだった。鳴りを潜めるしか手がないのだろう。松平勢は長い列を作って大高城へと向かっている。

戦列の先頭は既に過ぎ去り、権六は列の半ばを狙うことに決めた。この地形では前後から挟撃されるまでに時を稼げる。相手が伏兵を恐れてくれれば上出来だ。権六は豊明《とよあけ》の村々を見下ろす二村山《ふたむらやま》を目指していた。

下社の城山よりも一回り大きな丘陵だが、ここを押さえれば三河からの軍勢も尾張側の動きも一望できる。だが、そちらへ向かいかけた刹那、ぱぱぱ、と豆を炒《い》るような音が聞こえた。

大高へ入ろうとする軍勢に対し、佐久間勢が鉄砲を射かけているらしかった。そして権六たちも、二村山に詰めている軍勢と睨み合いになったが、水野信元の手勢であることがわかり、頂に上げてもらうことができた。

「松平勢に手を出すのはやめていただきたい」

信元の弟であるという若き守将、水野藤十郎忠重《とうじゅうろうただしげ》は権六に頼んだ。

「三河は何も尾張を手に入れたいわけではないし、次郎三郎さまもそうお考えだ」

やはり、知多と三河は気脈を通じている、と考えていた。この度の戦がどうなるかで、その後の振る舞いを決めるのだろう。ただ、先鋒として織田主力と正面からぶつかるのは避けたい、という心底はあるようだった。

「だが、さすがにどうにもならぬのではないか」

日が高くなり、二村山下の古い東海道を粛々と進む大軍勢を見て権六は息を呑んだ。大蛇どころか、巨龍のような兵馬の群れが西へと向かっていた。

「五万はいるという話だ」

「五万……。これが三つの国を統《す》べるということか」

もはや権六の想像の域を超えていた。あれを止められる者がいるのだろうか。兵は数である。一人でも多くの兵を動かすために、互いの土地と人を取り合うのだ。

「勝てるわけがない」

権六は藤十郎の呟きをどこか遠くで聞いていた。勝てるわけがない、と全ての人間が思うところに勝機がある。戦になった以上、勝敗は戦の中にしかない。

やがて、鷲津と丸根の砦が落ちたという報が伝わってきた。今川の大軍勢はそのまま鳴海、大高の線を越えて一気に尾張へと攻め込むかに思えたが、その前で足を止めたという。

「さすがに疲れたのだろう」

権六は駿府からの道のりを考えた。数万を万全の状態で決戦まで持っていくためには、無理な行軍は禁物だ。そして、山上の得体の知れない兵たちから盛んに矢が射込まれたという。

「知多の衆でしょうか」

蜂屋兵庫が呟いた。

「わからんが、足止めをはかってくれたのかもしれんな」

信長の様子は全く耳に入ってこない。そうこうするうちに、五月十八日も暮れていく。

権六は下社へ戻ろうとしたが、既に行く手は今川軍で埋め尽くされている。ただ、丘陵が多い地ゆえに大軍はいくつもに分かれて布陣していた。

「どれが本陣かわからぬな」

物見台から見ていた権六だったが、藤十郎は布陣を見るなり、あれだと指した。

「次郎三郎どのが挨拶に立ち寄られておる。先陣を切り大高と鳴海の城を守り切ったところで役目は終わりなのかもしれぬ」

十

権六は身動きが取れないことをもどかしく思っていたが、これ以上無理はできない。なんとか清洲にいる信長に今川方の布陣を知らせたかったが、本陣が見える位置にあるということは、警戒の網が周りに張り巡らされているのは明らかだった。

「俺がまいりましょう」

そう言って進み出てきた者を見て権六は驚いた。下社からいなくなっていたはずの滝川彦右衛門一益が近習たちの中から姿を見せたからだ。

「一度清洲に戻ったのだが、殿からお前は下社にいた方がよいと戻されました」

「それならばそう申してくだされればよいものを」

「俺がいると柴田どのも思うように動けますまい。この危機に際して柴田どのがいかように殿のために働かれるか、私も見届けたく思います」

彦右衛門はじろりと権六を見た。

「それにしても、近侍の者たちを信じすぎて俺の出入りにも気付かぬようでは、油断ありと申さざるを得ませんな」

影働きの者は、常に己の気配を消し変化させて、敵の本陣の中心にも何食わぬ顔して座っていることがある。彦右衛門はぶっきらぼうに教えた。

「くれぐれも用心なされ」

「用心はよいのだが、彦右衛門どのはあの大軍勢の中を抜けて清洲に至れるのか」

「成否はやってみねばわかりませぬが、ここで殿が今川を止めなければ、尾張は駿河の分国となってしまう。影働きの者しか知らぬ山の道があります。この二村山の下に古き鎌倉の道があるように、深い山中には太古の昔から山の民が刻み続けてきた踏み跡があるのです」

滝川彦右衛門は不敵に言うと、そこから虚空に滲むように姿を消した。

「気味の悪い奴ですが、うまく使えば頼りになりそうな男ですな」

蜂屋兵庫はそんなふうに評した。

もし鳴海と大高の城に守られるようにして今川軍が英気を養ってしまえば、次の日には尾張は織田家のものではなくなってしまうだろう。

じれったさだけが胸の中に増していき、五月十九日がやってきた。

この日も朝から猛烈な暑さが一円を覆っている。今川軍が夜明けと同時に進撃を始める様子はなかった。

「行軍の疲れが思った以上に大きいのかもしれませんな」

五郎兵衛は手をかざして今川軍の動きを確かめつつ言った。

「下知を伝えるだけでもそれなりの手間がかかる。駿河どのが尾張を一気に分国にしようとするならば、軍勢は疲れを見せず堂々として、しかも強くなければならない」

この危機を前にして砦を作ったままではいい。だがそこに入ったものを見殺しにするような主君をいただくくらいなら、死力を尽くして信勝を尾張の主につけるべきだった。欠ける点はあったかもしれないが、信長のように何もしないということはなかっただろう。自分がついていれば、もう少しやりようがあったはずだ。

このままでは今川に降伏を申し出るしかない。

そこまで思い詰めたところで急に空が暗くなった。真夏の刺すような日差しの中に、もくもくと入道雲が盛り上がっているのが朝から見えていた。

その雲がどうやらこのあたりを覆い始めているようだった。暑さが極まった後に海から湿った風が入り、猿投の山々にぶつかると、時に巨大な雲ができる。

その雲は大抵、雷鳴と地面が穿《うが》たれるほどの雨を伴う。それが昨夜から今川勢が布陣しているあたりを覆い隠した。

下社からもよくこの類の雲が見えることがあるが、下社までその雲がやってくることは少ない。猿投の山を壁とするように、夕暮れ時には消えてしまうことが多かった。

「これほど暑いと夕立も激しいだろうな」

五郎兵衛も水野家の者たちと雲を見上げて頷き合っている。

多少の雨ごときで軍勢が狼狽するようなことはないだろう。しかし、雲の下はそこだけが夜を迎えたかのように暗くなっている。雷鳴と豪雨の中で、もし誰かがその隙をついて本陣を衝くことができれば……。

いや、と権六は思い直した。そのように都合のいいことが起こるわけがない。

その時、清洲の動きがようやく権六らにもたらされた。

どの城の将も四方の様子を知るために物見の兵を派している。権六は信長が幸若舞《こうわかまい》を舞った後にほぼ単騎で城を飛び出したと聞いて、ついに自棄を起こしたのかと心配になった。だが、信長の舞を知っている権六は、あの端正な舞と自暴自棄になっている信長の姿がうまく重ならない。

自分の婚儀の際も、織田と斎藤の半ば睨み合うような雰囲気を舞ひとつで一変させた。あれは己の魅せる力がどれほど強いか自覚していないとできないことだ。

黒雲は刈谷から大高の間から動かない。権六のいる二村山の周囲にも激しい雨が降り始めた。激しい雨と風の中に、拳大ほどの雹《ひょう》が混じる。頭に直撃を受けた兵が思わずうずくまるほどの大きさだ。

この天候では大軍を擁する今川勢は動くことができない。狙うとしたら今しかないが、そのようなことができようはずもない。

三刻ほど降り続いた雨はやがて止み、それまでの雨が嘘のような青空が顔を見せた。明らかになった視界を埋め尽くすのは今川方の軍勢であった。だが、異変が起きていた。

二日前は威風あたりを払うほど整然とした行軍を見せていた軍勢が、散り散りに、しかも必死の形相で東へと駆けていく。旗指物は折れ、傷ついている者も多い。

すでに落ち武者狩りに囲まれ、身ぐるみ剝がされている侍もいた。

「どうします。追い打ちをかけますか」

五郎兵衛が権六に訊いたが、頷かなかった。ここからいくつか首を取ったところで、それは戦の功績ではない。

「それにしても、殿が今川軍をこのように潰走させるとは」

水野家にも何が起きたのかはっきりした知らせは入っていないようだった。確実なことは尾張を目前にして今川軍が急に敗走を始め、今川義元が首を取られたようだということだった。

権六は下社への道を辿りながら、何が起きているのか戸惑いつつも探り続けていた。今川義元が命を落としたということは、駿河は今、身動きが取れないということになる。尾張東の下社はこれでしばらく平穏な日々を過ごすことができる。

だが一方で、尾張の何倍もの兵力と豊かさを誇る今川義元の首を取るという誉《ほま》れの戦に、自分や下社衆が参加できていないということに落胆と焦りも覚えていた。

まずは下社の平穏が守られたことを喜ぼうと自分に言い聞かせつつ、下社の城へと帰り着く。城に戻って間もなく、疲れ果てて歩く騎馬と足軽の集団が城の下を通りかかった。

馬印を見ると、どうやら信長の本隊のようだ。権六はすぐさま表に出て、信長に、休まれていかれては、と声をかけた。勝ち戦であったのが嘘のように、どの顔も疲れ果てている。そのまま清洲に帰るかと権六は思ったが、信長は素直に権六の申し出を受け入れた。

主君が足を止めたので、兵たちも皆糸の切れた人形のようにその場に座り込む。信長の身の回りで甲斐甲斐しく世話をしている中に木下藤吉郎がいた。馬廻衆の中にも手負いが多い。

広間の上座に腰を下ろした信長は、湯を何杯も飲み干し、味噌を塗った握り飯を三つほど一気に平らげると大きく息を吐いた。

「鬼神のような采配と戦いぶり。駿河大納言さまの首を召されたと聞き、祝着至極に存知ます」

だが、しばらく信長は何も答えなかった。この戦の結果にまだ不満があるというのだろうか。権六はそのまま黙っていたが奇妙なことに気がついた。四つ目の握り飯を持つ信長の手が震えている。

「殿?」

「……と思うた」

「何と?」

「死ぬかと思うた、と申しておる」

権六は言葉を失っていた。

「しかし、見事な戦ぶりで駿河大納言どのの首を……」

子飼いの若武者たちを主力とした少数の兵で、駿河勢五万の中枢へと肉薄し、天下に名を轟かせた太守を討ち取った。裏には緻密な計算と策略があったのでは、と権六はその器量を称えようとしたが、信長は苛立ったように首を振った。

「権六」

震えが止まった手を見つめ、やおら握り飯を頬張る。全てを平らげた後すっと立ち上がった。

「先ほどの言葉は忘れろ」

「……死ぬかと思うた、というお言葉ですか」

「わしはもはや尾張一国を切り取っただけではない。駿河大納言の首を取った者として四方に知られた。それなりの器量を見せていかねばならぬ」

「は……」

権六はしばらく信長の言葉の意味が摑めなかった。

「己より強い敵と戦ってはならぬ。それはすなわち己が最も強くなければならぬということ。家臣どもにもそれなりの器量が必要だ。よいな」

この感覚、どこかで感じたことがあると思い出せないままの権六を置いて、信長は怜悧な表情に戻って歩きだす。

「殿」

権六は思わず呼び止めていた。

「先ほどのお姿、もっと我らに見せてくだされ。織田弾正忠どのは強敵に恐れを感じる血の通われたお人である。そう皆が知れば、より思い入れ強く忠誠を尽くすでしょう」

信長は足を止め、権六を見つめた。

「できぬな」

そう小さな声で言うと、清洲へと戻っていった。

城の物見台に上って西の方を見てみれば、濃尾の沃野が広がっている。織田弾正忠信長は尾張を一統し、東海の盟主を討った。あの感覚を覚えたのはいつだったか——。かつて信秀が守護代三奉行の身代を超えようとした時だ、と権六は思い出した。

下社の安寧は守られるのだろうか、という忘れたことのない己の基《もとい》が、一瞬得体の知れぬ熱情の前に揺らいで消えてしまいそうになる。握り飯を手に震えている信長の姿と、尾張の国主を超えようとする姿が朧《おぼろ》に重なりそうで、重ならない。整わぬ心の中、鳴海の岡部元信が北へと進軍を始めたとの報が、権六の元に飛び込んできた。

（つづく）

本書は書き下ろしです。

中公文庫

レギオニス

――興隆編《こうりゅうへん》

2018年10月25日　初版発行

著　者　仁《に》木《き》英《ひで》之《ゆき》

発行者　松田陽三

発行所　中央公論新社

〒100-8152　東京都千代田区大手町1-7-1

電話　販売 03-5299-1730　編集 03-5299-1890

URL http://www.chuko.co.jp/

DTP　嵐下英治

印　刷　三晃印刷

製　本　小泉製本

Published by CHUOKORON-SHINSHA, INC.

Printed in Japan　ISBN978-4-12-206653-3 C1193

中公文庫既刊より

し-6-62
司馬遼太郎
歴史のなかの邂逅2
織田信長～豊臣秀吉
司馬遼太郎
人間の魅力とは何か——。織田信長、豊臣秀吉、古田織部など、室町末期から戦国時代を生きた男女の横顔を描き出す人物エッセイ二十三篇。
205376-2

S-2-12
日本の歴史12 天下一統《いっとう》
林屋辰三郎
最初に天下統一をなしとげた織田信長、さらに大きな規模でそれを継いだ豊臣秀吉。二人の覇者が生きた安土桃山時代の絢爛たる様相を描く。〈解説〉川嶋將生
204522-4

S-15-1
完訳フロイス日本史①
将軍義輝の最期および自由都市堺
織田信長篇Ⅰ
ルイス・フロイス
松田毅一
川崎桃太 訳
信長秀吉から庶民まで西欧人が戦国期の日本を描き、現代語訳された初めての日本史。第一巻は信長前史と堺の殷賑を描く。毎日出版文化賞、菊池寛賞受賞。
203578-2

S-15-2
完訳フロイス日本史②
信長とフロイス
織田信長篇Ⅱ
ルイス・フロイス
松田毅一
川崎桃太 訳
フロイスの観察と描写は委曲をつくし、わけても信任厚かった信長の人間像は躍如としている。仏僧との激越な論争や、南蛮寺建立の顛末も興味深い。
203581-2

S-15-3
完訳フロイス日本史③
安土城と本能寺の変
織田信長篇Ⅲ
ルイス・フロイス
松田毅一
川崎桃太 訳
信長の安土築城とセミナリオの建設、荒木一族の処刑と本能寺での信長の劇的な死、細川ガラシア・名医曲直瀬道三の改宗等、戦国史での重要事件を描く。
203582-9

S-12-25
マンガ日本の歴史 25
織田信長の天下布武
石ノ森章太郎
今川を破り戦国大名としての第一歩を踏み出した信長。万国安寧を目指して上洛を果たしながら、志半ばにして斃れたその生涯を描く。
203075-6

S-14-22
マンガ日本の古典 22
信長公記
小島剛夕
天下統一を夢見て烈しく生きた織田信長。本能寺に斃れるまでの十五年間の言動がありのままに記された『信長公記』を、現代の鬼才絵師が奔放に描く。
203777-9

各書目の下段の数字はISBNコードです。978-4-12が省略してあります。